아주 평범한 날에

데보라 엘리스 지음 · 배블링 북스 옮김

도서출판 산하

자신의 진정한 모습을 보여 주지 못한 이들에게

내 생애
최고의 날

이날이 내 생애 최고의 날이 될 줄은 몰랐다. 내가 세상에 기댈 곳 하나 없는 고아라는 사실을 깨달은 날이. 그 사연을 풀어놓자면 이렇다.

나는 석탄을 줍고 있었다. 아니, 정확히 말하자면 석탄을 주워야 했으나, 그러지 않았다. 석탄을 줍는 일이 지긋지긋해서다. 석탄만 봐도 진저리가 처질 정도이다.

하지만 자리아에 살면서 석탄에 싫증을 내는 것은 무의미한 일이다. 자리아는 그야말로 석탄밖에 없는 곳이다. 사방을 둘러보아도 곳곳에 움푹움푹 파여 있는 구덩이들, 여기저기 쌓인 석탄 더미들과 탄

광들밖에 없다. 거리도 온통 석탄투성이다. 사람들 옷이나 머리카락에도 석탄 가루가 달라붙어 있다. 숨을 쉬면 석탄 가루가 가슴속까지 깊이 파고들어 온다. 그래서 사람들은 연신 기침을 해 댄다.

공기 중에도 석탄 가루가 섞여 있다. 마을 아래 땅속에서 거의 백 년 가까이 석탄불이 타오른다. 갈라진 땅의 틈새로 연기와 함께 피어오른다.

자리아의 남자들은 대부분 탄광이나 탄전 구덩이에서 곡괭이나 삽으로 석탄을 파며 살아간다.

여자들은 석탄을 담은 무거운 바구니를 머리에 이고 휘청거리며 가파른 구덩이를 오른다.

아이들은 거리는 물론이고 석탄이 채굴되는 곳이면 어디든 얼쩡거린다. 자루를 메고 돌아다니다가 눈에 띄는 대로 석탄 덩이들을 잽싸게 주워 담는다. 하지만 항상 주위를 잘 살펴야 하고 동작이 빨라야 한다. 석탄 감독관에게 붙잡히게 되는 날이면 눈에서 불이 번쩍할 정도로 얻어맞기 때문이다.

이날도 나는 석탄을 주워야 했다. 어깨에 석탄 자루를 메고 어슬렁거렸지만 몇 덩이밖에 줍지 못했다. 더 이상은 돌아다니기가 싫었다. 내 발걸음은 어느새 바네르지 아저씨 가게로 향했다. 나는 왼손 주먹을 움켜쥐고 마치 뭔가를 사러 온 사람처럼 굴었다.

"얼마 가져왔니?"

바네르지 아저씨가 물었다. 아저씨는 의자에 앉아 말총으로 만든 파리채를 이리저리 휘둘렀다.

"돈은 여기 있어요."

나는 움켜쥔 주먹을 들어 올렸다.

"몇 푼이야? 이십 파이사? 아니면 십 파이사? 얼쩡대지 말고 빨리 골라."

나는 아저씨의 말에 대답하지 않고 뭉그적거렸다. 선반에는 검댕을 지우는 크림이 든 병들로 가득했고, 그 옆으로 자그마한 텔레비전이 놓여 있었다. 위아래로 심하게 흔들리는 화면은 마치 거품이 버글거리는 물속 같았다. 하지만 마침 발리우드 영화(인도에서 영화 산업이 가장 발달한 뭄바이에서 만들어지는 영화)가 나오고 있다는 정도는 알아볼 수 있었다. 나는 영화에 등장한 무용수들의 동작을 뚫어지게 들여다보았다. 나는 그들이 하는 대로 머리를 흔들면서, 발동작까지 흉내 내보려 했다.

"빨리 골라! 어서 돈 내고 가라고!"

아저씨는 널빤지들을 이리저리 이어 붙여 만든 이 엉성한 가게를 비우는 일이 없었다. 밤에도 집에 가지 않고 가게에서 잤다. 도둑을 막기 위해서였다.

아저씨는 물건을 사지도 않을 사람이 텔레비전을 보면 심통을 부렸다.

6

"뭐라고요?"

"왜 딴청 부려!"

아저씨가 파리채까지 휘둘렀지만. 나는 겁을 먹지 않았다. 아저씨는 의자에서 일어서기를 귀찮아한다. 아저씨와 실랑이를 벌이면서 텔레비전 앞에서 버티는 일은 마치 게임과도 같다.

아저씨는 내가 빈털터리라는 걸 안다. 내 손에 돈이 있었던 적은 한 번도 없다.

마음만 먹으면 조금 더 버틸 수도 있었지만. 화면이 완전히 일그러지는 바람에 가게 안에 머물 필요가 없어졌다.

나는 어슬렁어슬렁 기찻길 쪽으로 내려갔다. 그리고 선로 주위에 떨어져 있는 석탄 부스러기들을 자루에 주워담았다. 그러다가 그 녀석들을 보았지만. 나는 본체만체했다.

넝마주이 녀석들이 선로를 따라 여기저기 쌓여 있는 쓰레기더미를 헤집고 있었다. 나는 그들과 얽히기 싫어서 커다란 쓰레기더미 뒤로 물러섰다. 넝마주이들은 자기 구역을 정해 놓고 텃세를 부린다.

나는 눈을 내리깔고 발끝으로 쓰레기들을 뒤척거렸다. 차라리 내가 염소라면 좋겠다는 생각이 불쑥 들었다. 염소는 무엇이든 먹어치운다. 그러니 염소라면 배를 곯는 일은 없을 것 같다.

"발리가 저기 있다. 야. 발리! 이리 와서 함께 돌 던지자. 안 그러면. 너한테도 던질 거야."

나를 부르는 소리에 고개를 돌려 바라보니, 그들 중 몇 명은 내 사촌이었다. 내 사촌들이 친구들과 함께 기찻길에 나와 있는 것이었다. 사촌들은 모두 나를 싫어했다. 왜 그러는지는 나도 모르겠다.

"못 할걸? 쟤가 얼마나 겁쟁인데."

사촌인 산자이가 나를 놀렸다. 산자이는 나와 몸집이 비슷한 사내아이다. 그런데 어릴 때 내게 한 번 맞았던 일을 마음속에 담아 두고 늘 나를 괴롭혔다. 나는 산자이가 밥을 다 먹을 때까지는 음식에 손도 댈 수 없었다. 산자이가 접시에 남긴 것만 먹어야 했다. 녀석은 내가 쫄쫄 굶을 수밖에 없다는 걸 빤히 알면서도 혼자만 배를 채웠다. 사흘 동안 그런 횡포를 견뎠지만, 더는 참을 수 없었다. 그래서 접시로 녀석의 머리를 후려쳤다. 하지만 그 일 때문에 나는 이모부에게 되게 맞았다. 어쨌든 그 뒤로 산자이는 내가 배를 아주 곯지 않을 만큼만 음식을 남겼다.

산자이는 별의별 방법으로 앙갚음을 했다. 그 방법이란 게 정말 치사했다. 한밤중에 툭하면 나를 걷어차서 편히 잠들지 못하게 했다. 돼지처럼 생겼다고 놀리거나 돌대가리라며 욕설을 퍼붓기도 했다. 나도 맞받아치고 싶었지만, 욕으로는 녀석을 당해 낼 수 없었다. 산자이는 자기가 남자니까 여자인 나보다 우월한 사람이라고 여겼다. 나도 그런 현실을 받아들일 수밖에 없었다.

돌을 던지기가 무서웠지만, 산자이에게 약한 모습을 보일 수 없었다. 산자이 친구들에게 겁먹은 모습을 보이기도 싫었다. 그랬다가는 다들 쓰레기더미를 파고드는 염소보다도 더 빨리 달려들어 나를 괴롭힐 게 뻔했다. 나는 할 수 없이 그 패거리에게로 걸어가서 돌멩이를 주워들었다. 그러나 막상 앞을 바라보자 몸이 덜덜 떨렸다.

기찻길 너머에는 괴물들이 있었다. 그곳은 엎어지면 코 닿을 만큼 가까운 곳이었다. 그들은 쓰레기 더미 사이에서 살았다. 괴물이라 하면 지나친 말일지도 모르겠다. 어쨌든 그들의 얼굴은 사람 얼굴 같지 않았다. 개중에는 코가 없는 이도 있었다. 우리가 돌멩이를 던지면, 그들은 돌멩이를 막으려고 손가락이 없는 손을 공중으로 휘저었다.

나는 그들이 기찻길을 건너오지만 않는다면 괜찮다고 생각한다. 그들은 지저분하고 천한 존재다. 전생에 죄를 지었기 때문에. 그 업보로 흉한 모습을 갖고 살게 된 것이다. 그들에게 다가가는 것은 위험하다. 그랬다가는 병이 옮아 나까지 괴물로 변할지도 모른다.

그래서인지 이모부는 가슴앓이가 도졌는데 술 살 돈이 없으면 내게 이렇게 퍼부어 댔다.

"넌 너무 많이 처먹어. 팔 하나를 부러뜨려서 기찻길 너머 그 짐승 같은 것들에게 보내야겠다. 그것들과 함께 동냥질이나 하라고 말야. 너 때문에 재수에 옴 붙었어!"

그러다가 밤이 되면 내 귀에 대고 나지막한 소리로 속삭였다.

"쥐 죽은 듯이 가만있어. 안 그러면, 잠든 사이에 그 괴물들이 널 잡아서 갈가리 찢어 버릴지도 몰라."

이런 말을 들을 때마다 나는 입술을 꼭 깨물고 어서 아침 해가 떠오르게 해 달라고 신에게 기도했다.

나는 돌을 움켜쥔 손아귀에 힘을 주었다. 그런 다음, 눈을 질끈 감고 돌멩이를 던졌다. 하지만 제대로 날아갔는지는 알 수 없었다.

조금 뒤 기찻길 건너편에서도 돌멩이가 날아왔다. 산자이는 그 돌을 주우려고 허리를 숙였다.

"만지지 마! 그럼 너도 괴물로 변할 거야. 저놈들 수법에 넘어가면 안 돼."

산자이의 친구가 소리쳤다. 그러자 산자이는 다른 돌을 주워들었다. 아이들은 돌을 던지고 소리 지르느라 내겐 관심도 없었다.

나는 슬슬 뒤편으로 물러났다. 그 아이들은 넝마 자루를 아예 바닥에 팽개치고 돌을 던졌다. 그 자루 안에도 석탄이 담겨 있었는데, 내것보다 큼직해 보였다.

나는 허리를 숙이고 자루 하나를 움켜쥐었다. 그리고 달아나기 시작했다. 하지만 몇 걸음도 떼지 않았는데, 어떤 녀석이 달려와 나를 밀쳤다. 나는 진흙땅에 처박히고 말았다.

"석탄 훔쳐 간다!"

다른 아이들도 모두 덤벼들었다. 나는 주먹을 휘두르고 발길질도 하면서 저항했지만, 혼자서 그 아이들을 당해 내기는 힘들었다.

녀석들은 나를 때리고 발로 차며 머리카락을 잡아당겼다. 그러다가 각각 팔다리를 잡고 나를 들어 올렸다.

"괴물들한테 던져 버리자!"

"그래야 정신을 차릴 거야!"

나는 고래고래 소리를 지르면서 몸부림쳤다. 팔다리를 버둥거렸지만 옴짝달싹할 수 없었다.

산자이와 친구들이 나를 들고 기찻길 건너편으로 향했다. 발걸음을 뗄 때마다 괴물들과의 거리가 점점 좁혀졌다.

녀석들이 드디어 나를 내동댕이쳤다. 나는 땅바닥에 뒹굴었다. 괴물들이 사는 곳의 한복판이었다. 곧 그들의 누더기 옷과 흉측한 몸뚱이가 내 몸을 휘감을 것 같았다.

나는 비명을 질렀다. 역한 냄새 때문에 구역질이 올라왔다.

어느새 기찻길 건너로 달아난 아이들의 웃음소리가 들려왔다. 괴물들이 나를 갈기갈기 찢어서 게걸스럽게 먹어치울 판인데. 녀석들은 멀리서 낄낄대며 지켜보기만 할 모양이었다. 나는 팔과 다리를 버둥거리며 온몸을 뒤틀었다. 그러다가 머리가 선로에 부딪혔다. 아프다고 비명 지를 수도 없었다. 나는 벌떡 일어나 달아나기 시작했다.

정신없이 달리느라 눈물을 닦을 새도 없었다. 소똥을 밟기도 하고 사람들과 부딪치기도 했지만. 그런 건 문제도 아니었다. 나는 기적을 울리며 달리는 기차처럼 소리소리 지르며 달렸다.

기찻길 구역에서 벗어나면서 걸음을 늦추고, 탄전으로 발길을 돌렸다. 계속 걷다 보니 몸이 떨리는 것이 잦아들면서 비로소 마음이 가라앉았다.

나는 괴물들의 소굴에서 탈출했다. 그들은 나를 잡아먹지 못했다.

갈 곳도, 나를 반길 사람도 없었다. 그러니 계속 걷는 수밖에 없었다. 딱히 할 일이 없었기에 나는 계속 걸었다.

어디선가 종소리가 들려왔다. 자전거에서 울려 퍼지는 소리였다. 어떤 남자가 외치는 소리가 들렸다.

"오늘 수업 있습니다! 무료예요! 공부하고 싶은 사람이라면 누구든 환영합니다!"

그 선생님은 며칠에 한 번씩 우리 마을에 들렀다. 자전거 짐칸에 수업하는 데 필요한 물건들을 싣고 있었다. 적당한 크기로 잘라 줄로 동여맨 칠판이 상자의 덮개였다. 선생님은 자전거 종을 울려서 아이들을 불러 모으며 마을을 누비고 다녔다. 선생님은 찻집 뒤편의 좁은 공터에 학교를 열었다. 이모네 아이들은 자유롭게 학교에 다닐 수 있었지만, 아기가 문제였다. 아기를 돌보는 일은 나이가 가장 많은 사촌언니인 엘라마의 몫이었다.

학교에 갈 수 없는 사람은 엘라마와 나, 둘뿐이었다. 그런데 엘라마는 나를 싫어했다.

나는 찻집 뒤편의 공터로 가 보았다. 선생님은 칠판을 세우고 있었다. 그런 다음, 칠판에 글자와 숫자를 써 넣었다. 칠판에 다 적고 나자, 석탄 조각을 주워 벽돌담에까지 무엇인가를 썼다.

"발리는 여기 오면 안 돼요!"

칠판 앞에 앉아 있던 사촌 하나가 나를 가리키며 소리쳤다. 나는 공터 뒤편의 보리수나무에 기대어 서 있었다.

"교육을 받을 권리는 누구에게나 있어요."

내가 예상했던 대답이었다. 선생님은 수업을 계속했다.

선생님은 나를 좋아했다. 나는 선생님 말씀을 잘 알아들었다. 선생님은 쉬는 시간에 밥과 달(물에 끓인 콩과 양파와 여러 양념을 넣은 인도 요리)을 먹다가도, 내가 눈에 띄면 바로 데려다가 보충수업까지 해주었다.

선생님은 내게 공책과 연필도 주었다. 곧 사촌들에게 빼앗기고 말았지만, 내게도 공책과 연필이 있었던 건 사실이다.

나는 막대기로 흙바닥에 글자와 숫자를 써 가며 공부했다. 그렇게 배워서 나는 간판이나 상자에 쓰인 영어나 힌디어를 어느 정도 읽고, 간단한 계산도 할 수 있게 되었다. 그리고 나는 멀고 먼 밤하늘 어디에선가 달이 지구의 주위를 돌고 있다는 사실도 배웠다. 나는 보리수에 기대서서 선생님을 바라보며 귀를 쫑긋 세웠다.

그런데 엘라마가 이곳까지 나를 찾아온 것이다. 엘라마는 다짜고짜 나를 때렸다.

"지금 뭐하고 있는 거야!"

엘라마에게 업힌 아기가 울음을 터뜨렸다.

선생님의 수업보다 이런 광경이 더 재미있는 모양이었다. 아이들은 아예 칠판 앞을 벗어나서 우리 주위를 둥글게 에워쌌다.

"싸워라! 싸워라! 싸워라!"

아이들이 입을 모아 소리쳤다.

"일은 나중에 할게. 지금 안 줍는다고 석탄이 어디로 달아나는 건 아니잖아."

나는 분을 삭이면서 대답했다. 아기를 업고 있는 사람을 상대로 싸우는 것은 비겁한 짓이기 때문이었다.

"지금 당장 가서 일해. 네가 공부를 한다는 게 말이나 돼? 내가 맏이잖아. 넌 내가 시키는 대로 해야 해!"

엘라마가 또 나를 때렸다. 나만 자꾸 맞는 건 불공평했다.

"너도 여기서 공부하면 되잖니. 아기도 데려오렴."

선생님이 아이들을 다시 칠판 앞으로 불러 모으며 내 편을 들어주었다.

"그럼 밥은 누가 차려요? 빨래는 누가 해요? 선생님은 남자잖아요. 남자들은 집안일이 저절로 되는 건 줄 안다니까."

엘라마는 선생님에겐 아예 눈길도 던지지 않고 나만 붙잡고 끌어당겼다. 아이들이 깔깔거리며 우리에게 손가락질을 해 댔다.

"얘를 계속 끌어들이다간 우리 아빠한테 선생님까지 마을 밖으로 쫓아날 거예요."

엘라마의 협박을 듣고 나는 웃지 않을 수 없었다. 이모부는 각혈하고 기침하면서, 이모가 석탄을 날라서 번 돈으로 술 마시고 이모를 때리는 일 말고는 할 줄 아는 게 없는 사람이었으니까.

나는 실실 웃으면서 뒷걸음질했다. 하지만 엘라마는 다시 덤벼들어 나를 질질 끌었다. 오랫동안 아기들을 안고 돌봤던 엘라마의 힘을 당해 낼 수 없었다.

"석탄 자루는 어디에 뒀어?"

엘라마의 물음에 나는 순간 얼어붙었다. 주위를 둘러보았지만 헛일이었다.

"어딘가에 떨어뜨린 것 같아."

나는 풀 죽은 목소리로 중얼거렸다.

"그런 것도 다 돈 주고 사야 한다는 건 알고 있지? 도대체 어디서 잃어버린 거야?"

"괴물들이 가져갔을 거야. 기찻길 너머에서 떨어뜨렸나 봐."

나는 어느새 덜덜 떨고 있었다.

엘라마는 내 목덜미를 움켜쥐었다. 빠져나가려 했지만, 목을 파고든 엘라마의 손아귀에서 벗어날 수가 없었다. 엘라마는 코 없는 괴물들이 사는 기찻길 근처까지 나를 질질 끌고 갔다.

"어서 자루를 가져와."

"저쪽으로는 못 가."

"어서 가져오라니까!"

엘라마가 나를 땅바닥에 패대기쳤다. 우악스러운 손아귀에서는 벗어났지만, 도망칠 수가 없었다. 그래 봐야 갈 곳도 없었다.

"네가 자루를 잃어버리고 오면 아빠는 나까지 가만두지 않을 거야. 너도 맞겠지만, 나도 맞겠지. 둘 중 하나야. 자루를 가져오든지, 아예 집을 나가든지."

나는 우리가 사는 방 한 칸짜리 움막을 머릿속에 그려보았다. 화로에서 나오는 연기 때문에 석탄 그을음이 가시지 않는 곳. 모기와 거미, 파리와 개미에 시달려도 어쩔 수 없는 곳. 더러운 바닥에서 서로 몸을 맞대고 잠자야 하는 곳·······.

기름 살 돈도 없어서 해가 지면 바로 어두워졌기에 밤은 너무 길었다. 아이들 걸음으로 공동 화장실까지 가기엔 너무 멀어서 집에서는 늘 고약한 냄새가 풍겼다.

하지만 가끔은 배부르게 밥을 먹고, 누가 가장 오랫동안 눈을 뜨고 버틸 수 있는지 겨루는 놀이를 했던 적도 있다. 이모는 우리에게 동물들에 관한 노래를 가르쳐 주기도 했다. 술에 취하거나 기침이 심하지 않은 날에는 이모부도 아이들의 놀이 상대가 되어 주었다. 이렇게 우리도 정다운 가족인 적이 있었다.

석탄 자루를 찾지 못하면 아예 집을 나가라는 말이 야속하게 느껴졌지만, 엘라마는 단호했다.

나는 휘청휘청 기찻길 가운데로 걸었다. 차라리 기차가 달려와 나를 치고 지나가면 좋겠다는 생각이 들었다.

"어서 가져오라니까!"

엘라마가 뒤에서 나를 다그쳤다.

발끝을 내려다보며 철길 너머로 몇 걸음 옮겼다. 그러다 앞을 보니 괴물들이 나를 빤히 쳐다보고 있는 게 아닌가. 그런데 더 놀라운 일이 벌어졌다.

어떤 여자아이가 괴물들 사이에서 나오더니 내 앞으로 다가왔다. 내 또래인 듯했지만, 키가 자그마했다. 여자아이는 멀쩡해 보였다. 하지만 이런 곳에 함께 살고 있으니, 언젠가는 이 아이도 괴물처럼 변할지 모른다.

여자아이는 미소를 지으며 내게 다가왔다. 손에는 석탄 자루를 들고 있었다.

여자아이가 반듯하게 접은 석탄 자루를 내게 내밀었다. 하지만 나는 선뜻 받을 수가 없었다. 두려워서였다. 우리는 한참 동안 그대로 서 있었다. 차츰 아이의 얼굴에서 웃음이 가셨다. 아이의 표정은 가뭄 때문에 축 늘어진 잡초처럼 시들어 버렸다.

여자아이는 석탄 자루를 땅에 내려놓고 돌아섰다. 나는 자루를 줍고 싶지 않았다. 괴물들이 만진 물건을 만지면 나도 그들처럼 될 것 같았다.

하지만 자루를 가져오지 않으면 날 내쫓겠다는 엘라마의 말이 더 두려웠다. 나는 석탄 자루를 주워들고 다시 기찻길을 건넜다.

"차라리 자루를 가져오지 않길 바랐어. 너를 쫓아내는 게 더 나아. 그럼 우리 가족이 누울 자리가 더 넓어질 테니까."

"나도 가족이잖아."

엘라마는 잠시 뭔가를 생각하는 눈치더니, 입을 열었다.

"사실 넌 우리 가족이 아니야."

"우리 엄마가 이모의 동생이잖아. 그러니 우린 가족이지."

"아니. 너희 가족은 그냥 동네 사람들이었어. 너희 엄마는 병이 나서 몸이 약했어. 너를 낳다가 죽었지. 너희 할머니와 할아버지는 너를 우리 아빠한테 맡기고 그 대가로 돈을 주었어. 그러고는 도망쳐 버렸다고."

"뭐? 왜 도망쳐?"

"너희 엄마가 집안을 욕되게 했거든. 남편도 없는 사람이 아이를 낳았으니까. 너는 아빠도 없이 태어났어."

엘라마가 나를 깔보듯 고개를 빳빳이 치켜들며 말했다. 순간, 나는 눈앞이 핑 도는 것 같았다.

"그러니 딴생각 말고 그냥 석탄이나 주우면서 살아. 어차피 너는

18

그것 말곤 아무짝에도 쓸모없는 애잖아. 너는 결혼도 못 할 거야. 그런데 학교에는 뭐 하러 가니? 글을 읽을 줄 안다고 해서 석탄을 더 잘 줍는 건 아니잖아. 그러니 어서 일이나 해."

엘라마는 집으로 돌아갔다. 나는 얼이 빠진 사람처럼 그 자리에 우두커니 서 있었다.

한참 지나서야 정신이 돌아왔다. 나는 지나가는 손수레에서 떨어진 석탄들을 줍기 시작했다. 자루가 점점 무거워졌다. 그러나 엘라마가 들려 준 이야기는 계속 머릿속을 맴돌았다.

나는 엄마와 아빠가 죽은 줄로만 알고 있었다. 만난 적도 없는 사람들이니 그리워 할 일도 없었다. 나는 처음으로 부모에 대해 곰곰이 생각해 보았다.

엘라마가 한 이야기가 거짓일 거라고 생각했지만, 확인하지 않고는 못 견딜 것 같았다.

나는 이모가 일하는 탄전으로 발걸음을 옮겼다. 탄전 구덩이의 가장자리에 엉덩이를 걸치고 다리를 흔들며 이모를 기다렸다.

구덩이는 우리 마을을 다 집어넣고도 남을 만큼 컸다. 말하자면 노천 탄광인 셈이다. 남자들은 저 아래 바닥에서 석탄을 캐고, 여자들은 석탄을 지고 가파른 비탈을 오르락내리락 했다.

햇볕이 쨍쨍한 날이었지만, 석탄 가루와 석탄불 연기 때문에 공기는 매캐했고, 마치 안개가 낀 듯 어둠침침했다. 구덩이 주변에 듬성 듬성 서 있는 나무들도 석탄 가루를 잔뜩 뒤집어쓰고 있었다.

줄 서서 가파른 길을 아슬아슬하게 오르내리는 여자들의 사리(커다란 천을 허리에 감고 어깨에 둘러 입는 인도 여자들의 민속 의상)를 빼고 나면 세상은 온통 잿빛이었다. 거대한 구덩이 안으로 점점이 흩어져 있는 알록달록한 색깔들은 석탄 나르는 여자들의 사리였다. 뿌연 석탄 가루도 그 색을 다 지우지는 못했다.

사리에 묻은 석탄 가루를 지우려면 공들여 빨래를 해야 한다. 이모의 사리를 빨 물을 나르는 것도 내가 맡은 일거리 중 하나였다.

하지만 내 옷은 늘 때에 절어 있었다. 단 한 벌뿐인 옷이라서 갈아입을 수가 없었다.

나는 석탄 가루가 일으키는 먼지 속에서 알록달록한 점들이 이리저리 오가는 모습을 지켜보고 있었다. 그러다가 나는 어떤 상상 속으로 빠져들었다.

이 구덩이에서 일하는 여자들은 이상한 깃털로 단장한 새들이다. 그리고 나는 달에 앉아서 그들의 모습을 내려다보고 있다. 누군가 정말로 달에 가서 앉아 있다면, 지금 구덩이 옆에 앉은 내 모습과 별로 다르지 않을 거다. 커다랗게 부풀어 떠오른 보름달을 한참 동안 바라본 적이 있다. 보름달은 여기저기 구멍이 숭숭 뚫려 있었고, 먼지가 풀풀 날릴 만큼 메말라 보였다.

엉뚱한 상상에 빠져 있다가 하마터면 이모를 놓칠 뻔했다. 석탄을 가득 채운 바구니를 머리에 이고 이모가 내 앞으로 올라왔다. 나는 얼른 이모에게 달려갔다.

"이모, 물어볼 게 있어요."

"자루는 다 채웠니? 절반도 못 채운 모양이구나."

"물어볼 게 있어요."

이모는 대답을 하는 대신 석탄을 내려놓는 곳까지 계속 걸어갔다. 트럭 옆에 감독관들이 버티고 서 있었다. 나는 저만치 물러났다. 감독관에게 내 석탄 자루를 들키는 날엔 끝장이다. 그랬다간 자루와 석탄을 모조리 빼앗기게 된다.

이모는 트럭 옆에 서 있는 여자들 뒤로 가서 줄을 섰다. 여자들은 트럭의 짐칸에 석탄을 쏟았다. 남자 일꾼 한 사람이 짐칸 위에 서서 삽으로 석탄을 뒤적이고 있었다.

마침내 이모가 내게 돌아왔다.

"감독관이 심통 난 것 같으니까 얼른 말해."

"엘라마 언니가 나는 가족이 아니래요."

"뭐라고? 잘 안 들려."

내 말을 들으려고 고개를 숙인 이모의 얼굴이 내 얼굴에 닿을 듯했다. 이모의 얼굴은 번들거리는 땀과 석탄 가루로 얼룩져 있었다.

"엘라마 언니는 이모가 우리 엄마의 언니가 아니래요. 우리 엄마는 그냥 옆집에 살던 여자였대요. 우리는 가족이 아니래요."

"조심해! 거기 서 있으면 어떡해!"

그러고 보니, 내가 발을 딛고 있는 곳 옆의 땅에서 갈라진 틈으로 시커먼 연기가 피어오르고 있었다. 석탄불 때문에 나는 연기였다. 석탄불은 사람들이 땅속 깊이 묻힌 탄맥을 화약으로 폭파하다가 붙은 것이다. 그런데 워낙 양이 많은 석탄층에 불이 붙고 나니, 그 불이 백 년 가까이 꺼지지 않았다. 자리아의 땅은 이렇게 뜨거운 불을 품고 있다.

이모는 나를 자기 쪽으로 당기고는 내 발에 난 상처를 살펴보려고 무릎을 꿇었다. 내 발바닥은 물집이 오르고 벌겋게 부풀어 있었다.

"이렇게 다치면 어떡하니? 이제 어떻게 일할 거야? 약은 어떻게 구할 건데?"

나는 얼른 발을 뒤로 끌었다.

"괜찮아요. 아픈 줄도 모르겠어요. 그런데 엘라마 언니의 말이 사실이에요?"

"뭐가?"

"정말로 나는 가족이 아니에요?"

이모는 사리를 풀어 내 발바닥에서 석탄 가루와 재를 털어 냈다. 잠시 후 이모가 입을 열었다.

"그래. 엘라마 말이 맞아. 사실 너는 우리 가족이 아니야. 너희 할아버지와 할머니가 너를 우리 집에 맡겼지."

감독관이 어서 작업장으로 돌아가라고 고함을 질렀다. 이모는 내 어깨에 살며시 손을 얹더니, 몸을 돌려 바구니를 들고 구덩이로 돌아갔다.

경사가 급한 비탈길을 따라 내려간 이모는 이내 다른 여자들과 구별할 수 없을 만큼 작은 점으로 변했다. 나는 그 모습을 물끄러미 바라보았다.

나는 앞으로 어떻게 될까? 어쩌면 그 답을 이미 알고 있었는지도 모르겠다. 나는 과연 무엇을 할 수 있을까? 무엇을 안다는 것과, 그것을 현실로 받아들이는 것은 다른 문제다.

아무튼 그날 나는 진실을 알게 되었고, 또 그것을 현실로 받아들일 수밖에 없었다.

나는 앞으로 어떻게 될까? 마음이 가라앉으면서 또 다른 진실이 머릿속을 어지럽혔다.

나는 가족이 없다.

가족은 가족이라는 이유만으로 함께 살아가면서 서로 기대고 보살핀다.

하지만 나는 가족이 없다.

정을 붙일 친구도 없다.

그렇다면 이제 자리아에 머물 이유가 없다.

내 뒤에 석탄을 가득 실은 트럭이 서 있었다. 짐칸에서 삽을 들고 일하던 일꾼이 내리고. 석탄 위로 덮개를 둘러쳤다.

운전사가 감독관과 이야기를 마치고 운전석에 앉았다. 운전사 옆으로 조수가 올라탔다. 트럭의 시동 소리가 울려 퍼졌다.

감독관들은 등을 돌리고 서 있었다.

길게 생각할 것도 없이 내 몸이 움직였다. 나는 얼른 짐칸 쪽으로 달려갔다.

굳은살이 박인 내 발바닥은 거친 석탄 조각을 밟아도 아픔을 느끼지 않는다.

나는 짐칸을 기어 올라가 덮개를 들추고 그 안으로 몸을 숨겼다.

트럭이 움직이기 시작했다. 석탄 더미에 앉을 자리를 만들려 했지만. 쉽지 않았다. 석탄 덩이들이 덮개 밖으로 떨어지면서 길 위에 굴렀다. 그 석탄을 주우려고 아이들이 몰려들어 허우적거리는 모습이 눈에 들어왔다.

트럭은 우리 마을을 가로질러 달렸다. 이젠 나의 집이 아닌 그 집 앞도 지났다. 마침 엘라마가 문 밖으로 먼지를 쓸어내리려고 나와 있다가. 덮개 틈새로 내다보고 있는 나를 발견했다. 한 손으로는 업은 아기를 받치고. 다른 한 손에는 빗자루를 들고 있었다. 나를 발견한 엘라마가 운전사에게 뭐라고 소리를 질렀지만. 트럭은 기우뚱거리며 계속 달렸다.

엘라마가 빗자루를 팽개치더니 트럭을 쫓아 달려왔다. 그리고 짐칸 뒷문을 잡으려고 손을 뻗었다. 아마 같이 달아나고 싶었던 모양이다.

그러다가 아기를 업고 있다는 데 생각이 미친 것 같았다. 엘라마는 아기를 내려놓으려는 듯 허둥지둥 주위를 살폈다. 그러는 사이에 트럭은 점점 멀어졌다. 마침내 트럭은 마을 밖으로 벗어났다. 엘라마는 그때까지도 그 자리에 서서 울고 있었다.

움직이는 산

트럭이 마을을 가로질러 천천히 달리는 동안에는 석탄 더미 위에 앉아 있는 것도 즐거웠다. 하지만 고속도로로 들어서서 속도를 올리자 슬슬 겁이 나기 시작했다.

겁이 나는 만큼 재미도 있었다. 그때까지만 해도 손수레보다 빠른 건 한 번도 타 본 적이 없었고, 마을 밖으로 나가본 적도 없었다. 석탄 말고는 아무것도 볼 수 없는 세상에서 살았던 것이다.

그런 내 눈앞에 초록빛 세상이 펼쳐졌다. 석탄 가루가 묻지 않은 진짜 초록빛이었다. 나는 푸르른 들판과 나무들과 논을, 그리고 연꽃이 가득 피어난 호수를 바라보았다. 파란 하늘 아래로 노랑, 분홍,

자줏빛 들꽃들이 활짝 피어나 눈이 부셨다. 뿐만 아니라 물소, 당나귀, 망고나무, 꽃양배추, 차밭, 집을 지으려고 높이 쌓아둔 대나무까지……. 세상은 신기한 것들로 가득했다. 하지만 내가 보는 것이 무엇인지 알 수 없을 때가 훨씬 많았다. 트럭이 얼마나 빨리 달리던지. 나는 하늘 높이 날아가며 세상을 내려다보는 새가 된 듯한 착각에 빠져들었다.

석탄 더미 깊숙이 몸을 숨길수록 마음은 더 편해졌다. 석탄들이 묵직하게 등을 누르고 있어서 밖으로 밀려나지 않고 숨을 수 있었다. 얼굴만 석탄 더미 밖으로 내놓으면 아쉬울 것이 없었다. 나는 팔로 턱을 괴고 내 뒤로 미끄러져 가는 고속도로를 바라보았다. 나는 아무 생각도 하지 않고 물끄러미 바깥만 내다보았다.

해가 지고 어둠이 깔린 뒤에도 나는 바깥 풍경에서 눈을 떼지 않았다. 실오라기 같은 빛도 놓칠 수 없었다. 달이 떠올랐다. 보름달이었다. 내 가슴속도 행복으로 차올라 곧 터져버릴 것 같았다.

기름을 넣거나, 잠시 쉬었다 가기 위해 트럭은 고속도로 옆에 두세 번쯤 멈춰 섰다. 그때마다 나는 숨을 죽이고 석탄 더미에 고개를 박은 채 가만히 있었다. 채소와 고기를 반죽해서 기름에 튀긴 파코라와 바지 커리 냄새가 풍겨올 때도 있었다. 뱃속에서 꼬르륵거리는 소리가 났지만, 배를 곯는 데에는 이골이 나 있었다.

트럭은 밤새도록 달렸고, 나는 어느새 깊이 잠들어 버렸다.

아침햇살에 눈을 떴다. 그런데 내 옆에서 삽을 든 남자가 쭈그리고 앉아 욕설을 내뱉고 있었다.

"도대체 이건 뭐야?"

남자가 웅얼거렸다. 다른 남자의 목소리도 들려왔다.

"라지, 무슨 일이야?"

라지라는 남자가 일어서며 말했다.

"짐칸에 웬 꼬마가 숨어 있었어!"

"뭐라고?"

다른 남자가 짐칸으로 올라오는 소리가 들렸다. 나는 고개를 들지 못하고 있었기에 두 남자의 발치만 눈에 들어왔다.

"언제 숨은 거야?"

"내가 어떻게 알아?"

"확인 안 해 봤어?"

"그런 것까지 일일이 확인해야 해?"

두 남자는 주거니 받거니 하며 고함을 질러 댔다. 나는 고함을 싫어한다. 고함 다음엔 십중팔구 매질이 기다리고 있기 때문이다. 나는 석탄 속으로 얼굴을 묻고 손으로 머리를 감싼 채 마치 죽은 사람처럼 꼼짝도 않고 있었다.

"캄, 경찰을 부르는 게 좋겠어."

"경찰을 부르면 몇 시간은 꼼짝없이 잡혀 있어야 해. 그것도 운이 좋을 때 얘기야. 경찰이 우리가 아이를 유괴했다고 생각할지도 몰라. 잘못되면 우리가 쇠고랑을 찰 수도 있다고!"

라지라는 남자와 캄이라는 남자는 나를 두고 옥신각신했다.

"혹시 죽은 건 아니겠지? 이렇게 석탄 더미에 파묻혀 있다가 죽었을 수도 있잖아."

"그럼 애가 죽은 이유까지 경찰에게 설명해야 하잖아. 아. 정말 돌겠네."

"시체는 길가에 버리면 되지. 아니, 여긴 곤란해. 늪이나 논이라면 나중에 발견돼도 우리가 의심받지는 않을 거야."

그러더니 한 남자가 삽으로 내 머리를 툭툭 건드리다가 소리 질렀다.

"살아 있는데!"

나도 모르게 머리를 감싸기 위해 팔을 움찔댄 모양이었다.

"야. 이거 상황이 묘해지는데. 이걸 어쩐다? 골치 아픈데 그냥 죽여 버릴까?"

두 사람이 무슨 생각을 하는지 알 도리가 없었지만. 가만히 죽음을 기다릴 수는 없었다. 차를 타고 오는 동안 처음으로 멋진 세상을 보았고. 앞으로도 볼거리는 얼마든지 더 있을 것이다. 어른 둘과 싸우기엔 내가 너무 작지만. 손목 정도는 깨물 수 있을 것 같았다.

그들은 우악스러운 손으로 나를 석탄 더미 밖으로 끌어냈다.

나는 겁에 질려 몸을 바들바들 떨었다. 그들은 나를 짐칸 밖으로 끌어내렸다. 그리고 트럭 옆에 세우고는 나를 유심히 바라보았다.

"이 녀석, 계집애잖아?"

"어, 그러네."

"어쩌다가 우리 트럭에 타게 된 거지? 캄. 혹시 다른 녀석도 석탄 속에 있는 거 아냐?"

나는 그제야 입을 열었다.

"나 말고는 아무도 없어요."

그러자 캄이라고 불린 남자가 인상을 찌푸리며 중얼거렸다.

"여기에 내려놓고 가는 게 낫겠어."

라지라는 남자는 생각이 다른 것 같았다.

"누가 네 아이를 길가에 버린다면 어떨 것 같아? 꼬마야. 이름이 뭐니?"

나는 내 이름을 말했다.

"발리예요."

"나이는?"

"열세 살이요."

라지는 캄보다 키가 더 컸다. 그리고 말할 때마다 턱수염을 만지작거렸다.

"누가 널 트럭 위에 버린 거야?"

다시 라지의 질문이 이어졌지만. 나는 말문이 막혔다.

"누가 이런 짓을 했담. 네 부모가 너를 버린 게냐? 아이를 석탄 트럭에 버리다니. 정말 막돼먹은 부모로군."

나는 다시 입을 열었다.

"저는 고아예요. 제 발로 트럭에 올라탄 거예요."

"그래? 왜?"

"그건······ 석탄이 싫어서요."

"뭐? 이거 정말 어처구니가 없구만. 온몸에 석탄을 뒤집어 쓴 꼬락서니로 석탄이 싫대."

캄이 나를 비웃듯 중얼거렸다.

"경찰에 신고할까?"

"무슨 소리야? 그게 얼마나 귀찮은 일인데."

"그럼 여기다 두고 가야겠다."

"아직 어린애잖아."

두 남자는 다시 옥신각신했다. 나는 이 자리를 피하고 싶었다. 그래서 걷기 시작했다. 이곳이 어디인지도 알 수 없었지만. 그런 건 상관없었다. 내가 어디에 있든. 어디로 떠나든 달라질 건 아무것도 없으니까. 도로 옆에 있는 석탄 창고에는 눈길도 주고 싶지 않았다. 이곳은 작은 건물과 집과 가게 들이 다닥다닥 붙어 있는 동네였다. 도로에는 자동차들이 북적거렸다.

한눈을 팔며 걷고 있는데. 누군가 뒤에서 내 팔을 붙잡았다. 캄이 었다.

"어딜 가려고?"

나는 길을 가리켰다.

"너를 그냥 내버려 둘 것 같아?"

캄은 나를 아까 그 자리로 데려왔다.

"너는 트럭에 타고 얌전히 앉아 있으면 돼. 석탄을 내린 다음. 너를 데려다 줄 곳이 있어."

"그건 어린애가 할 짓이 아니야. 얘는 학교에 다녀야 할 나이잖아."

라지가 고개를 저었지만. 캄은 넉살 좋은 표정으로 말했다.

"부모도 없는 애를 받아 줄 학교가 있을까? 네가 학비라도 대 줄 거야? 줄줄이 딸린 자식들 뒷바라지하기도 벅찬 주제에. 걱정 마. 다 잘 될 테니."

캄은 나를 트럭 앞으로 데려가서 문을 열어 주었다. 앞자리에 오르니. 바닥은 빈 과자 봉지. 담배꽁초. 병뚜껑 같은 잡동사니로 가득했다. 동전이라도 떨어져 있지 않을까 하고 바닥을 살펴보았지만. 그런 것은 보이지 않았다. 나는 과자봉지에 담긴 부스러기를 핥았다. 짭짤하면서도 달콤한 맛이었다.

라지와 캄이 돌아왔다. 운전대는 캄이 잡았다. 나는 바닥에 앉아야 했다. 두 사람의 발이 더러운 데다 자리까지 좁아 마음이 편하지 않았다. 창밖을 내다볼 수도 없었다.

얼마 가지 않아 트럭이 다시 멈췄다. 라지와 캄이 차에서 내리더니, 조금 뒤 도사(쌀 전병 안에 채소를 넣은 요리)를 가지고 돌아와 내게 건넸다. 나는 얼른 음식을 받아 허겁지겁 삼켰다. 이것은 누군가 내게 처음으로 사 준 음식이었다. 그 전까지 나는 사촌이라고 생각했던 아이들이 먹다 남긴 음식만 먹었다.

길이 막히는지 트럭은 가다 서다를 반복했다. 경적 소리와 배기가스 냄새 때문에 속이 조금 울렁거렸다. 트럭은 요리조리 방향을 바꾸며 달렸다. 운전대를 잡은 캄이 끼어드는 자동차를 향해 고함을 질렀고, 그 차의 주인도 캄에게 욕설을 퍼부었다.

얼마 지나, 트럭이 완전히 멈춰 섰다. 시동도 꺼졌다.

"이래도 되는 건지 잘 모르겠어."

라지가 혼잣말을 했다. 그러자 캄의 목소리가 들려왔다.

"유난 좀 떨지 마. 어쨌든 여기까지 왔잖아. 이제 다 끝난 거야. 꼬마야. 일어나라. 이제 내려야지."

나비 아주머니

트럭에서 내린 라지와 캄은 나를 데리고 걷다가 어느 골목길로 들어섰다.

이곳은 골목길 바닥도 시멘트로 포장되어 있었다. 볼거리도 많았다. 가게 안에 앉아 신발 속에 가죽을 덧대는 남자. 간이화장실을 청소하는 도구를 실은 손수레를 밀고 오는 여자. 온통 검은색에 붉은 혀만 도드라져 보이는 칼리(힌두교 신화에 등장하는 죽음과 파괴의 여신) 여신상이 놓인 움푹한 벽, 그 앞에서 양복을 입고 넥타이까지 맨 차림으로 기도를 하는 젊은 남자⋯⋯.

어느 건물에서는 아기의 울음소리와 누군가 음악을 연주하는 소

리가 들려왔다. 나는 기분이 들떠서 저절로 싱글벙글 미소가 지어
졌다.

그런 나를 내려다보며 못마땅한 듯 라지는 혼잣말로 무슨 말인가
를 중얼거렸다.

어느 건물 앞에 서더니 캄이 초록색 문을 두드렸다. 인기척은 들
리지 않았다.

"집에 없나?"

"있을 거야. 여기 아니면 어디 있겠어?"

두 사람은 다시 문을 두드렸다. 요란한 소리가 계속 울려 퍼지자.
건물 위층 창문에 어떤 여자가 나타나더니 소리쳤다.

"당신들 제정신이야? 우리 애들은 열한 시는 돼야 일어나. 나도 열
두 시 전에는 일어나 본 적이 없다고. 어서 돌아가!"

"무케르지 누님. 우리가 선물을 가져왔어요."

"뭘 가져왔는지 모르겠지만. 영업시간이 될 때까지 기다려."

그 여자는 창문을 세차게 닫았다. 그러나 라지와 캄이 다시 문을
두드리자. 창문이 다시 벌컥 열렸다.

"나를 짜증나게 해 봐야 댁들만 손해야."

"여기 좀 보세요."

라지와 캄이 나를 끌어당겨 자기들 앞에 세웠다.

"이건 또 뭐야?"

"괜찮은 애를 데려왔어요."

"거짓말하지 마."

여자는 다시 창문을 닫으려 했다.

"부모도 없는 아이예요!"

그 말을 들은 여자는 창문 밖으로 몸을 내밀고 나를 뚫어져라 내려다보았다. 나는 살짝 미소까지 지었다. 겁이 나긴 했지만, 나는 호감을 사고 싶었다.

"나마스테. 저는 발리예요."

나는 힌두교 식으로 두 손을 모으고 머리를 살짝 숙여 인사했다.

"이거 아침부터 문을 두드려 대니 안녕할 리가 있나?"

여자는 창가에 서서 담배에 불을 붙이며 퉁명스럽게 대답했다. 그리고 담배 연기를 길게 내뿜었다.

"내려갈게."

창가에서 여자의 모습이 사라지더니. 조금 뒤 마침내 초록색 문이 열렸다.

"설마 유괴해 온 건 아니겠지? 경찰이랑 엮이는 일이라면 이제 지긋지긋해."

"제 발로 석탄 트럭에 올라탔어요. 자리아에서 도망치고 싶어서……."

내가 대답했다.

"큰 도시에서 화려하게 살고 싶었다 이거지? 이건 척 봐도 자리아에서 온 아이라는 걸 알겠구먼."

여자는 나를 천천히 뜯어보았다.

"자리아에서는 뭘 했어?"

"석탄을 주웠어요. 거기선 그 일밖에 할 게 없어요. 그래도 글자를 읽고 쓸 줄 알고, 영어도 조금 할 수 있어요."

나는 그 여자에게 잘 보이고 싶어서 영어 알파벳을 외우기 시작했다. 더 어려운 걸 시킨다면 성경 구절까지 외울 생각이었다. 자리아의 자전거 선생님에게 성경 구절을 배운 적이 있다. 그러나 여자는 손을 저으며 그만하라는 신호를 했다.

"부모님은 어디 계시니?"

"돌아가셨어요."

아버지에 대해서는 아는 게 없었지만, 그렇게 대답할 수밖에 없었다.

"이모와 함께 살았는데, 알고 보니 진짜 이모가 아니었어요. 그래서 도망쳤어요."

여자는 허리를 숙이고 내 눈을 똑바로 들여다보며 말했다.

"나는 거짓말쟁이를 싫어해."

나도 눈도 깜박이지 않고 마주 보며 대답했다.

"저도 그래요."

그러자 여자는 라지와 캄에게 눈을 돌리며 물었다.

"좋아. 그럼 어떻게 할까?"

"소개비 정도는 주셔야죠."

캄이 대꾸했다.

"소개비라고? 돈을 달란 말이야? 가출해서 제 발로 여기까지 온 아이잖아?"

"아무래도 수녀원에 맡기거나 힌두교 사원으로 데려가는 게 낫겠어."

라지가 나서며 내 손을 잡았다. 그러자 캄이 그 앞을 막아서며 말했다.

"누님이라면 애를 잘 돌봐주실 것 같아서 데려온 거예요. 똘똘해 보이잖아요. 일도 잘할 거예요. 그러니 성의는 좀 보이셔야죠."

"똘똘하다고? 난 잘 모르겠는데. 넋 나간 사람처럼 날 쳐다보는 꼴을 봐. 나를 달나라에서 온 외계인 보듯 하잖아. 꼬마야, 나를 왜 그런 눈으로 쳐다보니?"

"아줌마가 나비 같아서요. 예쁜 나비요."

그 여자는 정말로 나비 같았다. 헐렁한 잠옷의 넓은 팔이 꼭 날개 처럼 보였고, 물결무늬도 몹시 화려했다.

자리아에선 나비를 본 적이 많지 않았다. 시커먼 석탄 가루와 매캐 한 가스 때문일 것이다. 하지만 가끔은 길을 잃고 왔다가 달아나는 나비들을 본 적이 있었다.

라지와 캄은 내 말을 듣고 킬킬거렸다. 그 여자, 그러니까 무케르지 아줌마는 한 손으로 머리를 매만지면서 다른 손으로는 옷매무새를 다듬었다.

"다른 방법을 찾아보자고. 돈을 주는 건 모양새가 안 좋아. 꼭 어린 애를 사는 것 같잖아. 난 그런 건 싫어."

"그건 좀……"

라지와 캄이 난감한 표정을 짓는데. 무케르지 아줌마가 결론을 내리듯 말을 잘랐다.

"우선 목욕부터 시키고 쓸 만한 아이인지 살펴봐야겠어. 다음에 얘기하자고. 이놈의 석탄 가루는 도무지 지워질 것 같지가 않구먼. 꼬마야. 어때? 아줌마랑 같이 일해 볼까?"

"석탄을 주워야 하나요?"

내가 물었다.

"그럴 리가 있겠니? 예쁜 옷을 입고 온종일 빈둥거리면 그만이란다. 집안일도 조금은 해야겠지만. 아무튼 어떤 일을 시켜도 딴말하지 않기다."

"네. 시키시는 일은 뭐든 잘할 게요."

그러자 만족스러운 듯 무케르지 아줌마는 라지와 캄에게 말했다.

"나중에 다시 와. 값은 그때 계산하자고. 어서 가. 그때 보자고."

나는 트럭으로 돌아가는 라지와 캄에게 손까지 흔들었다. 그들의 뒷모습을 오래 바라보고 싶었지만, 아줌마는 나를 데리고 집 안으로 들어가면서 문을 닫아 버렸다.

"아유, 졸려. 사람이 이렇게 일찍 일어난다는 게 말이나 되니? 우선 너를 옥상으로 데려가야겠다. 아무것도 만지지 말고 얌전히 있어야 해."

우리는 계단을 통해 위로 올라갔다. 내가 이모라고 부르던 사람이 머리에 석탄 바구니를 이고 탄전 구덩이를 휘청휘청 오르던 모습이 머릿속에 떠올랐다.

그렇게 계단이 많은 건물에 들어가 본 건 난생처음이었다. 층계참을 향해 열린 방 안에서 졸린 얼굴로 앉아 있는 여자들이 눈에 띌 때마다 나는 미소를 지으며 손을 흔들었다. 침대 매트 위에 앉아 차를 마시는 여자도 있었다. 하지만 성큼성큼 계단을 오르는 아줌마를 따라가기에 바빠서 그들도 내게 손을 흔들며 인사하는지는 확인할 틈이 없었다.

옥상으로 나가자, 짙푸른 하늘과 주변의 다른 건물들이 눈에 들어왔다. 나는 옥상 난간으로 가서 아래를 내려다보고 싶었다. 이렇게 높은 집에 올라와 본 적은 한 번도 없었다. 하지만 무케르지 아줌마가 나를 막아섰다.

"구경은 나중에도 얼마든지 할 수 있어. 나는 지금 너무 졸려. 그런데 네가 말썽을 부리면 편히 잠을 잘 수 없으니까. 잠깐만 이 안에 들어가서 얌전히 있어."

옥상에는 낡은 창고 같은 작은 방이 있었다. 아줌마는 문을 열고 나를 그 안으로 밀어 넣었다. 그 안에는 때로 얼룩진 매트와 녹슨 양동이 말고는 아무것도 없었다.

"오줌 마려우면 양동이에 눠. 배가 고플 테니까 바로 먹을 걸 갖다 줄게."

아침을 먹었다는 말을 꺼내기도 전에 무케르지 아줌마는 문을 닫았고, 빗장이 걸리는 소리가 들려왔다. 꼼짝없이 헛간 안에 갇힌 꼴이었다.

문득, 조금 이상하다는 느낌이 들었다. 혹시 어떤 일이 벌어질지 모르니까, 기회가 있을 때 두둑하게 먹어 두는 것도 나쁘지 않겠다는 생각이 들었다.

조금 뒤, 빗장을 푸는 소리가 들리더니 잔뜩 졸음에 겨운 표정으로 어떤 여자가 들어섰다. 그리고 말없이 내게 쟁반을 건네더니, 다시 문을 잠갔다.

헛간은 별로 튼튼해 보이지 않았다. 판자를 이리저리 덧대어 못질을 한 것이 너무 엉성해서 햇빛이 숭숭 들어올 정도였다. 위험이 닥친다면, 벽을 부수고 밖으로 도망칠 수도 있을 것 같았다.

하지만 당장 음식을 먹는 게 중요했다. 나는 뜨거운 차를 한 모금 마시고. 납작하게 구운 로티라는 빵과 달을 먹어 치웠다. 그리고 매트 위로 올라가 등을 벽에 기대고 바나나를 집어 드는데, 판자벽 사이로 푸른 하늘이 보였다. 매트 하나를 다 차지하고 앉아서 배부르게 음식을 먹어 보는 것도 처음이었다.

이모인 줄 알았던 사람과 사촌인 줄 알았던 엘라마의 얼굴이 머릿속을 스쳐 지나갔다. 지금쯤이면 두 사람이 이미 일을 시작했을 시간이다. 이모는 석탄 캐는 구덩이에서 일할 것이고. 엘라마는 아기를 돌볼 것이다. 내가 집을 나와 빈자리가 생겼으니까 이모와 언니는 편히 잠을 잤겠지. 아니. 그럴 리가 없다. 이모부인 줄 알았던 남자가 밤새 기침을 했을 테고. 그러지 않았다면 술에 취해 주정을 부렸을 것이다. 이모부가 술을 마시고 취했다는 건 사촌 아이들이 굶었다는 뜻이다. 내가 없어져서 잠자리는 조금 넓어졌겠지만. 내가 석탄을 주워 마련하던 돈도 더는 나오지 않을 것이다.

오늘도 그 사람들은 여느 때처럼 고된 하루를 보냈을 것이다. 내일이 온다 해도. 더 나아질 리는 없다.

그 사람들이 그리운 건 절대로 아니었다. 하지만 나는 그들도 언젠가는 매트를 하나씩 차지하고 앉아. 따뜻한 차를 마시면서 로티와 달을 배부르게 먹고 바나나도 먹게 해 달라고 모든 신에게 기도드렸다.

비누

달아나야겠다는 생각은 일단 접어 두었다. 부드러운 매트에 누워 볼 기회를 놓칠 수는 없었다. 나는 이내 잠들었다.

빗장이 풀리는 소리에 눈을 떠 보니 잠옷 대신 사리를 입은 무케르지 아줌마가 내 앞에 서 있었다. 머리를 빗어서 뒤로 넘긴 아줌마 곁으로 젊은 여자 두 사람도 보였다.

"정말로 작달막하네. 너 몇 살이니? 열둘? 열셋?"

무케르지 아줌마가 물었다.

라지와 캄이 물었을 때. 나는 열세 살이라고 대답했다. 하지만 사실 정확한 나이는 나도 모른다. 나는 내 나이가 몇 살인지도 잘 모른

채 살아왔다. 그래서 대답 대신 나는 어깨를 움츠리며 얼버무릴 수밖에 없었다.

"어쨌거나 석탄 때부터 벗겨 내 봐야 쓸 만한 아이인지 아닌지 알 수 있겠군."

계단을 따라 일 층까지 내려가자 작은 뒷마당이 나왔다. 시멘트가 덮인 바닥 한켠에 수도꼭지가 있었다.

"그 옷들은 태워 버려라."

무케르지 아줌마가 젊은 여자들에게 지시했다.

"박박 문지르면 석탄 가루가 지워져요. 제가 빨래를 할게요."

그러나 무케르지 아줌마는 내 말을 들은 척 만 척했다.

"그냥 태워 버려."

젊은 여자들이 내 옷을 빼앗았다. 그리고 수돗물을 틀어 내게 물을 끼얹기 시작했다. 시원한 물을 뒤집어쓰니 기분이 상쾌해졌다. 검은 땟물이 다리를 타고 줄줄 흘러내렸다.

"시간깨나 걸리겠구나. 나는 차나 마시러 가야겠다."

무케르지 아줌마는 젊은 여자들에게 나를 맡기고 집 안으로 들어갔다. 그들은 내게서 석탄 가루를 한 꺼풀 벗겨 낸 다음. 비누칠을 하고 솔로 문지르기 시작했다.

나도 비누를 써 본 적이 없는 건 아니다. 하지만 돈이 생기면 먹을 것부터 해결해야 했기 때문에 비누를 자주 쓸 수 있는 형편은 아니었다. 또, 비누가 있어도 다른 가족들이 다 쓰고 난 다음에야 내 차례가 돌아왔고, 그때쯤이면 비누는 이미 잿빛 곤죽으로 변한 뒤였다.

그런데 여기서 사용하는 비누는 달랐다. 온갖 꽃내음을 모아놓은 듯 그윽한 향기가 풍기고, 막 짜낸 염소젖처럼 하얀 거품이 풍성하게 이는 비누였다. 갑자기 내가 발리우드 영화 속의 유명한 배우라도 된 것 같았다.

여자들은 병에 든 물비누로 내 머리를 감겼다. 석탄 가루와 땀으로 범벅이 된 머리카락은 엉킬 대로 엉켜 좀처럼 풀어지지 않았다. 게다가 흘러내리는 거품이 너무 독해서 눈이 따가웠다. 결국 머리를 감는 일은 내 손으로 할 수밖에 없었다.

한 여자가 내 머리에 빗질을 하고 땋아 주는 동안 나는 의자에 앉아 있었다. 다른 여자는 작은 솔로 내 손톱을 문질렀다. 그러고 나서 내 발톱에도 솔질을 하려다가 그 여자는 깜짝 놀라며 뒤로 물러섰다.

"얘 발 좀 봐. 온통 물집과 상처투성이야."

"괜찮아요. 하나도 안 아파요."

정말 그랬다. 하지만 왠지 부끄러웠다. 그래서 살그머니 발을 끌어당겨 의자 밑으로 숨기려는데, 그들이 내 발목을 잡아당겼다.

그때, 무케르지 아줌마가 돌아왔다.

"때를 벗기고 나니 깨끗해졌어?"

"너무 마르긴 했지만, 예쁜 아이에요. 그런데 발에 상처가 많아요."

한 여자가 대답했다. 무케르지 아줌마가 내 발을 쳐다보았다.

"어쩌다 이렇게 된 거니?"

"자리아는 석탄불 천지예요. 이 정도는 별거 아니에요."

"이렇게 불에 데고 상처가 많이 났는데도 잘 참는 걸 보니까 용감한 아이로구나."

무케르지 아줌마에게 칭찬을 받으니 기분이 으쓱해졌다. 그런데 거짓말쟁이를 싫어한다던 말이 떠올라 솔직하게 털어놓았다.

"일부러 용감한 척하는 건 아니에요. 정말로 안 아파요."

"뭐? 아픈 걸 못 느낀다고?"

무케르지 아줌마는 내 몸을 이리저리 돌려 가며 자세히 살피기 시작했다.

"이것 좀 봐. 몸에 하얀 얼룩이 있어. 여기에도 있네."

무케르지 아줌마는 팔뚝에 있는 얼룩을 가리켰다.

"또 있네. 이게 뭐지?"

이번에는 허벅지와 배에 있는 얼룩을 가리켰다.

"점점 번지는 거 같은데요."

한 여자의 말이 끝나기도 전에 무케르지 아줌마가 고함을 질렀다.

"이런 멍청한 것들! 당장 내쫓아!"

"네?"

"저주받은 애야. 부정을 탈지도 몰라. 당장 쫓아버려. 얘가 입었던 옷은 어쨌어?"

"태워 버렸어요. 그렇게 하라고 하셨잖아요."

"그럼 아무 옷이라도 입혀서 쫓아내. 어서 쫓아내란 말이야!"

젊은 여자들이 허둥지둥 움직이기 시작했다.

무케르지 아줌마는 수돗가로 달려가서 비누로 손을 박박 닦아 내다가 내게 물었다.

"저 언니들이 이 비누로 너를 닦아 줬니?"

나는 고개를 끄덕였다. 그러자 무케르지 아줌마는 고함을 지르며 비누를 내던졌다. 어찌나 세게 던졌던지, 비누는 벽을 맞고 튀어서 아줌마의 얼굴을 때렸다. 아줌마는 날카로운 비명을 질렀다. 그런 광경을 지켜보자니 나는 슬금슬금 웃음이 배어 나왔다.

"소독 비누 있지? 어서 가져와. 옮지 않으려면 목욕부터 해야겠어."

무케르지 아줌마가 내게 소리 질렀다.

"어서 꺼져! 그리고 그 운전사 녀석들도 이젠 발도 못 붙이게 해야겠어. 어서 소독 비누를 가져와!"

무케르지 아줌마는 건물 안으로 달려 들어갔다. 나는 비누를 주워 얼른 종이에 싼 다음, 왼쪽 겨드랑이에 끼고 팔을 옆구리에 바짝 붙였다. 젊은 여자들이 스카프로 얼굴을 반쯤 가린 차림으로 돌아왔다. 그리고 내게 옷을 던져 주더니 멀찍이 물러섰다. 나는 쿠르타(깃이 없고 길이가 긴 인도식 셔츠)와 바지를 주섬주섬 입다가 물었다.

"도대체 왜 그러는 거죠?"

"그냥 나가. 너를 당장 내보내지 않으면. 우리도 쫓겨날지 몰라. 우리까지 실업자가 될 판이라고."

여자들은 겁을 먹고 있었다. 나는 머리를 감을 때 썼던 물비누가 든 병도 집어 들었다. 그러면서 잠깐 눈치를 보았지만. 두 사람은 아무 말 없이 밖으로 나가는 통로를 가리킬 뿐이었다.

나는 다시 골목에서 굳게 닫힌 초록색 문을 바라보는 신세가 되었다. 그런데 이 층 창문이 벌컥 열리더니 무케르지 아줌마가 창가에 서서 고래고래 소리를 질렀다.

"다시는 오지 마! 그랬다가는 경찰들에게 너를 쏘아 버리라고 부탁할 거다. 아니. 나라도 너를 쏘아 버릴 거야."

"제가 무얼 잘못했는데요?"

"너는 저주받았어. 그러니까 어서 꺼져!"

나는 천천히 골목길을 빠져나와 큰길을 건넜다. 자동차 경적과 자전거 종소리, 그리고 어서 비키라고 질러 대는 목소리들이 들려왔다. 내 곁을 지나치며 몸을 부딪치는 사람들도 있었다. 좁은 뒷골목으로 들어서는 손수레와 가축들도 보였다.

나는 고개를 푹 숙이고 있었다. 너무 큰 충격을 받아서 주위를 둘러볼 생각도 들지 않았다.

조금 전에 벌어졌던 일을 나는 이해할 수가 없었다. 무케르지 아줌마는 왜 그렇게 화를 냈을까? 몸에 하얀 얼룩이 좀 있는 게 그렇게도 큰일 날 일인가?

짧은 시간 동안 많은 일이 벌어졌고, 나는 다시 낯선 곳에 혼자 남았다. 내가 아는 사람도, 나를 아는 사람도 없는 곳이었다.

무엇을 해야 좋을지 알 수가 없었다.

진짜가 아닌 그 가족과 석탄 덩이들이 그리워질 지경이었다. 자리아에서는 적어도 내가 할 일이 무엇인지는 알 수 있었고, 갈 곳도 있었다.

이 골목 저 골목을 헤매고 돌아다니다가 어느 건물 앞의 계단에 걸터앉았다. 나는 비누를 바닥에 내려놓고, 두 손으로 머리를 감싼 채 고개를 수그리고 눈을 감았다. 눈을 뜨는 순간, 꼭 마음에 들지는 않아도 내가 아는 세상으로 돌아갈 수 있다면 얼마나 좋을까.

사람들이 두런거리는 소리, 자동차 소리, 자전거 종소리, 손수레 바퀴가 구르는 소리. 하지만 나와는 아무 상관도 없는 소리들일 뿐이다. 이곳에서 나는 투명인간이나 마찬가지였다. 자리아에서도 그랬지만, 어디인지 알 수도 없는 이 낯선 곳에서도 나는 아무짝에도 쓸모없는 아이일 뿐이다.

"자신을 보며 웃음 지을 때 슬픔의 짐을 덜 수 있으니."

누구인가 옆에서 이런 말을 중얼거렸지만, 내게 건네는 말인 줄은 몰랐다. 내게 말을 걸 사람이 어디 있겠는가. 나는 저주받은 아이인데. 나는 고개를 들 생각도 하지 않고 있었다.

"시를 별로 좋아하지 않나 보지?"

그제야 나는 고개를 들었다.

허연 수염을 길게 늘어뜨린 할아버지가 내 앞에 서 있었다. 찢어진 셔츠로 앙상한 가슴을 겨우 가리고, 붉은색과 푸른색이 섞인 룽기(인도의 남자들이 허리에 두르는 옷)를 두른 차림새였다. 그 할아버지는 염소를 묶은 줄을 손에 쥐고 있었다.

내가 고개를 들자, 마치 인사라도 하듯 염소가 다가왔다. 자리아의 염소들은 먹을 걸 찾는 데에만 정신이 팔려서 가까이 다가온 적이 없었다. 염소는 머리로 내 손을 툭툭 건드렸다. 녀석의 코는 부드러웠다. 입은 미소를 머금은 듯하고, 눈빛도 순해 보였다.

할아버지가 빙그레 웃으며 말했다.

"봤지? 세상에는 행복한 일도 얼마든지 있단다."

내가 머리를 쓸어 주자 염소는 얌전히 있었다. 그랬다가 손길을 멈추면, 다시 머리를 내 손으로 들이댔다.

"시가 뭐예요?"

내가 묻자, 할아버지가 내 곁으로 다가와 계단에 앉았다.

계단은 두 사람이 앉고도 남을 만큼 넓었다. 할아버지는 잠시 생각에 잠기는 듯하더니 이윽고 입을 열었다.

"시는 인생이란다. 시는 우리가 누구인지, 어디에 있었는지, 어디로 가는지를 알려 주지. 어디 그것뿐이겠니? 시는 우리가 어떤 사람이 될지도 알려 준단다."

"저는 어떤 사람이 될지 벌써 알고 있어요. 저는 아무것도 아니에요. 아무짝에도 쓸모없는 아이예요. 어떻게 태어났는지도 모르고, 가진 게 아무것도 없고, 앞으로도 그럴 거예요."

"너한테는 비누가 있잖니. 그것도 두 개씩이나."

할아버지가 빙그레 웃으며 말했다.

"가진 거라곤 이게 전부예요. 가족도 없는 걸요."

"예쁜 초록빛 쿠르타도 입고 있잖니. 길게 땋아 내린 머리도 보기 좋구나. 옷과 머리카락도 없는 사람들은 네가 아주 부자라고 생각할 거야."

"머리를 땋아 주고 이 옷을 주었던 사람들이 저를 쫓아냈어요. 제가 마음에 들지 않는대요."

"너는 혀가 있어서 말을 할 수가 있잖니. 두 손과 두 발이 있고, 예쁜 내 염소를 바라볼 수 있는 두 눈도 있잖니. 말을 할 수 없거나 걷지 못하거나 만지지 못하거나 볼 수 없는 사람들은……"

"네, 저는 부자예요. 하지만 어떻게 해야 할지 모르겠어요. 저는 집이라고 생각했던 곳에서 도망쳤어요. 저는 갈 곳도 없고, 저를 돌봐 줄 사람도 없어요. 여기가 어디인지도 몰라요."

"너는 운이 좋은 거야. 덕분에 모험을 하고 있으니까."

"그렇지만 겁이 나요."

"겁이 나지 않는다면. 그건 너무 평범한 날이기 때문이야."

그 말이 내 가슴속으로 예리하게 파고들었다. 너무 평범한 날이라는 게 어떤 것인지를 정말 잘 알고 있기 때문이었다. 그렇게 살던 날들로 돌아가고 싶지 않았다.

그제야 비로소 지금의 내 모습이 떠오르기 시작했다. 비누 두 개를 앞에 두고 계단에 쪼그리고 앉아서 염소를 쓰다듬는 꼴이라니.

나는 깔깔거리며 웃기 시작했다. 할아버지도 나와 함께 웃었다.

"할아버지랑 같이 있어도 돼요?"

나는 용기를 내어 물었다. 할아버지는 친절한 사람인 것 같았다.

"물론이지. 마거릿과 나는 하늘과 땅과 공기를 함께 누리며 살고 있단다. 이건 네 것이기도 하니까. 너도 마음껏 누리렴."

나는 할아버지 말씀이 무슨 뜻인지 곧 알아차렸다. 할아버지는 그 어느 곳에도 속하지 않은 사람이었다. 할아버지도 집 없는 떠돌이라는 뜻이다.

"그런데 왜 염소를 마거릿이라고 불러요? 인도식 이름이 아니잖아요."

"고개를 숙이고 있으면 꼭 마거릿 대처처럼 보이거든. 영국 수상이었던 여자 말이야."

할아버지가 킬킬대며 웃었다.

"아쉽지만, 그럼 우리는 일을 하러 가야겠다. 꽤 괜찮은 쓰레기장으로 가는 길이거든. 마거릿은 쓰레기더미에서 보물을 찾아내는 데 특별한 재주가 있단다."

할아버지는 자리에서 일어섰다.

"저는 어떡하면 좋죠?"

다시 고개를 파묻고 울기만 할 수는 없는 노릇이었다.

할아버지는 잠시 나를 바라보았다.

"사람들에게 비누를 나누어 주렴."

"비누를 그냥 주라고요? 가진 거라곤 이것밖에 없는데요?"

"너보다 더 비누가 필요한 사람을 찾아보렴."

할아버지와 마거릿이 천천히 발걸음을 옮겼다. 나는 계단에서 벌떡 일어나며 소리쳤다.

"잠깐만요! 저는 여기가 어디인지도 모른단 말예요."

그러자 할아버지가 내게 돌아서며 말했다.

"내가 들려준 시를 기억하지? 자신을 보며 웃음 지을 때 슬픔의 짐을 덜 수 있다는 시 말이다. 라빈드라나드 타고르의 시야. 그리고 이곳은 그분이 살던 도시란다."

할아버지가 내게 다가왔다.

"네가 여기로 오게 된 것은 우연이 아니야. 이곳은 위대한 예술가와 사상가와 작가와 몽상가와 수학자와 과학자의 도시야. 이곳에서 사람들은 놀라운 일들을 이루었지. 그럼 너는 무엇을 해야겠니? 너도 멋진 일을 해 보렴. 이 도시를 자신의 집으로 삼은 위대한 사람들처럼."

할아버지는 다시 몸을 돌리고 발걸음을 떼었다. 나는 다시 소리쳐 물었다.

"이 도시의 이름이 무엇인지 가르쳐 주셔야죠!"

"얘야. 너는 신들의 도시에 와 있단다. 이곳은 콜카타야."

할아버지와 마거릿의 모습이 골목길을 벗어나자마자. 마치 하늘의 문이라도 열린 듯 소나기가 쏟아지기 시작했다.

장마가 시작된 모양이었다.

주변에 있던 사람들은 비를 피하려고 허둥지둥 달려 어디론가 흩어졌다.

비에 흠뻑 젖었지만. 나는 아랑곳하지 않았다. 빗줄기가 내 얼굴과 팔을 타고 흐르기 시작했다. 머리 위에서 흘러내리는 비가 신이 내리는 축복 같았다.

웃음이 터져 나왔다.

그리고 자유로워진 느낌이 들었다.

나는 할아버지의 말씀을 따르기로 했다.

나는 거리에서 사는 어떤 가족을 찾아냈다. 옷 몇 벌과 솥 하나, 그

릇 두 개만 가진 사람들이었다. 비를 맞지 않도록 엄마와 아빠가 비닐 한 장을 어린 아이들의 머리 위로 맞들고 있었다.

소나기를 쏟아내던 하늘이 무슨 변덕이라도 부리는 것 같았다. 갑자기 비가 뚝 그치더니, 해가 나왔다. 거리는 다시 활기를 되찾았다. 과일 장수들은 과일을 덮었던 비닐을 치웠고, 자물쇠와 솥을 팔던 사람들도 다시 장사를 시작했다. 구두장이는 아교를 담은 솥 밑에 불을 지피고 망치질을 하며 굽을 갈았다. 거리의 개들도 몸을 흔들어 빗방울을 털어 내고는 킁킁거리며 돌아다녔다. 사람들은 우산을 접고 제 갈 길로 다시 바삐 움직였다.

"나마스테."

나는 두 손을 모으며 공손하게 인사를 건넸다. 그러자 그 가족도 손을 모으며 내게 인사를 했다. 나는 물비누가 든 병과 종이에 싼 비누를 건넸다.

아이들의 부모는 고개를 저었다. 내가 비누를 건네는 이유를 알 수 없기 때문이었다. 두 사람은 미소를 지으며 무슨 말인가를 중얼거렸다. 하지만 서로 다른 지역 출신이라 그런지, 그들의 말을 알아들을 수 없었다.

나는 다시 비누를 내밀었다. 그러자 두 사람은 내가 건넨 비누를 받았다. 기쁨과 감사의 표정이 그들의 얼굴 위로 피어올랐다. 그들은 비누를 아이들에게 주었다. 아이들은 코를 벌름거리며 비누에서 풍기는 꽃향기를 맡았다. 모두 환한 얼굴들이었다.

나는 그 가족에게 인사를 하고 돌아섰다. 나는 그들이 필요로 하는 것을 준 것이다. 그들이 행복하다면 그것으로 충분하다.

그러나 나는 이제 무엇을 해야 할까?

그때. 누군가 내 팔꿈치를 잡았다. 뒤를 돌아보니 아이들 엄마가 서 있었다. 아이들 엄마는 나를 자기 가족에게 데려갔다. 내게 저녁을 대접할 생각인 것 같았다.

음식은 별로 많지 않았다. 달과 로티 몇 조각이 전부였다. 아이들 엄마는 로티를 찢어서 나누어 주었다. 우리는 조그만 냄비에 담긴 달에 로티를 찍어서 먹었다. 말이 잘 통하지 않아서 이야기를 나눌 수는 없었다. 하지만 식사가 끝나자 그들 가족은 고향에서 부르던 노래를 들려주었다. 나는 텔레비전에서 보았던 발리우드 영화의 노래를 불렀다.

밤이 되자. 그들은 잠자리까지 마련해 주었다. 길 위에다 간신히 마련한 잠자리였다. 나는 두 아이 사이에서 잠들었다. 한밤중에 조그만 막내 아이가 내 몸 위로 기어 올라왔다. 딱딱하고 차가운 길바닥이 싫었나 보았다. 나는 그대로 놔두었다.

아침이 밝아오자 나는 길을 떠났다.

그 무엇을 완전히 소유할 수 있는 사람은 아무도 없다. 삶이 끝날 때에는 우리의 몸을 자연에게 돌려주어야 한다. 생각은 소유할 수 있지만, 그 밖의 모든 것은 잠시 빌려 쓸 뿐이다. 잠시 쓰다가 누군가에게 돌려주어야 한다.

세상 모든 것이 그렇다.

오늘 우리를 비추는 햇빛은 지구의 반대편에 사는 이들에게 빌린 것이다. 마찬가지로, 지구 반대편 사람들을 비추는 달빛은 우리에게 빌린 것이다. 어둠이 무섭다고, 우리만 해를 소유할 수는 없다.

음식도 마찬가지다. 우리가 먹은 음식은 거름이 되어 땅으로 돌아간다. 그런 다음, 다시 음식이 되어 우리에게 돌아온다.

세상 모든 것은 잠시 빌려온 것이다.

그런 사실을 깨닫자, 어떻게 살아가야 할지 고민할 필요가 없어졌다.

아무것도 가질 필요가 없다. 잠시 빌리면 그만이다.

이렇게 생각하니 모든 고민이 풀렸다.

내가 할 일이 정해졌다. 필요한 것이 있으면 빌리면 된다.

그러다가 나보다 더 필요한 사람이 나타나면 건네주면 된다.

그렇게 살았다. 그러다 보니 며칠이 지났고, 몇 주가 지났고, 몇 달이 흘렀다. 나는 먹고, 자고, 살아갔다.

죽은 영국인들
사이에서

누군가 산타클로스를 부수고 있었다.

나는 플라스틱으로 만든 산타클로스 상이 문 앞에 세워진 중국 음식점의 아랫길에서 잠을 청했다. 그런데 산타클로스가 깨지는 요란한 소리 때문에 잠들지 못했다.

청년 두 사람이 영어로 시끄럽게 떠들고 킬킬대면서 산타클로스 상을 걷어차고 있었다. 그들은 마치 축구공을 차는 것 같았다. 부서진 산타클로스 상에서 하얀 턱수염과 빨간 모자가 솟구쳐 올랐다가 길바닥으로 떨어지는 모습이 눈에 들어왔다.

내 곁에서 잠들어 나를 따뜻하게 해 주던 거리의 고양이들도 깜짝 놀라서 곧 튀어 오를 기세였다. 쓰다듬고 달래서 곁에 두고 싶었지만. 고양이들은 겁을 잔뜩 먹고 어둠 속으로 달아나 버렸다.

식당이 문을 닫고 관광객들이 호텔로 돌아가는 늦은 밤이면 공원의 거리는 대체로 조용했다.

산타클로스 상을 발로 차는 남자들은 관광객이었을 것이다. 그들은 거리에 사는 사람이 아니었다. 거리에 사는 사람들은 그렇게 요란한 소리로 남을 깨우는 무례한 짓을 하지 않는다.

나는 그들의 장난이 얼른 끝나기만을 기다렸다. 밤에는 거리를 돌아다니는 것보다 한곳에 머무는 게 낫다. 어두운 거리에서는 뜻하지 않은 일에 휘말리거나 위험한 사람과 부닥치기 십상이다.

경찰차의 사이렌 소리가 들려왔다. 경찰이 나를 괴롭히는 일은 거의 없었다. 콜카타에서 몇 달 동안 살면서 남의 눈에 띄지 않는 법을 익힌 덕분이다. 나를 바라보는 사람은 별로 없었다. 관광객들에게 돈이나 음식을 구걸하는데도, 사람들은 내가 보이지 않는 모양이었다.

경찰이 쫓아온다 해도 내겐 문제될 게 없지만. 다른 노숙자들에겐 골치 아픈 일일 수도 있었다. 경찰들이 내 주변의 다른 노숙자들을 깨우고 있었다.

콜카타는 무덥고 습한 지역이지만. 그래도 12월에는 제법 쌀쌀하다. 나는 따뜻한 담요를 가지고 있었다. 나는 이 담요를 메트로폴 호텔의 세탁실에서 살짝 빌려 왔다.

나는 머리를 따뜻하게 감쌀 수 있는 두건이 달린 빨간 재킷도 가지고 있었다. 옷가게 주인이 한눈을 파는 사이에 가판대 위에 있던 것을 빌려 왔다. 포근하고 편안한 옷이라서 입고 돌아다니기에 좋았다.

담요를 다른 사람에게 주어야겠다는 생각도 해 봤지만, 한동안은 추운 밤을 나야 했다. 아직까지는 다른 이에게 빌려 주기가 힘들었다.

아침이 되면 내 잠자리였던 가게 앞을 떠나야 했다. 그 가게는 외국인 관광객들이 컴퓨터 앞에 앉아서 시원한 바람을 쐬는 곳이었다. 낮에 돈을 벌기에는 안성맞춤이었다. 귀를 쫑긋 세우고 들으면 라디오에서 나오는 영어 노래도 한 자락쯤은 배울 수 있다. 구걸하기 전에 잠깐 노래하고 춤을 추면 돈을 받을 가능성이 훨씬 높아졌다.

시를 읊는 것도 괜찮은 방법이었다.

콜카타에는 책이 정말로 많다. 너덜너덜하게 종이가 헤진 채로 버려지는 책들도 있다. 나는 눈에 불을 켜고 버려진 책들을 찾아내서, 그 책에 내가 읽고 외울 수 있을 만큼 쉬운 시가 실린 게 있는지 살펴보았다.

나는 가장 쉬운 시들을 골라 일부분을 외웠다. 굳이 많이 외울 필요도 없었다. 나 같은 아이에게 거창한 시를 바라는 사람은 아무도 없었기 때문이다.

"아. 영국에 머무는 동안 어느새 봄이 다가왔도다."

기껏해야 이 정도였다. 이 정도만 읊어도 관광객들은 내가 불우한 처지에 있는 천재라고 생각하는 것 같았다.

나는 다른 나라의 말도 몇 마디 배웠다. 독일 사람들이 만날 때 하는 인사말인 '구텐 탁'이나, 일본 사람들이 헤어질 때 쓰는 '사요나라' 같은 말도 유용하게 써먹었다.

관광객들은 작은 것에도 감동하게 마련이다. 하지만 그들의 마음을 움직여 기꺼이 지갑을 열게 하는 말은 따로 있었다.

"콜카타에 오신 걸 환영합니다. 제가 학교로 돌아갈 수 있도록 도와주세요."

수많은 관광객이 그 말 한마디에 동전을 건네주었다. 나는 그 돈으로 음식을 사 먹었다.

정말로 학교에 가려는 시도도 해 보았다.

한번은 교문 앞까지 릭샤를 타고 온 여학생 뒤를 따라 학교로 들어가려 한 적이 있다. 릭샤는 사람이 끄는 인력거다. 운동장에는 고무줄놀이와 공놀이를 하는 아이들로 가득했다. 여학생들이 입는 교복의 셔츠는 흰색이었고, 치마는 푸른색과 붉은색 그리고 초록색이었다. 그런데 교문에서 수위가 내 앞을 막아섰다.

그 다음엔 수위의 눈을 피해 몰래 학교 안으로 들어갔지만, 어떤 선생님이 나를 발견하고 바로 쫓아냈다.

세 번째 시도에서 마침내 빈 교실까지 들어가는 데 성공했다. 깨끗하고 밝은 교실이었다. 커다란 칠판이 앞에 걸려 있었고, 작은 책상들과 의자들이 줄 맞춰 늘어서 있었다. 나는 의자에 앉아 투명인간이 되어서 다른 학생들과 함께 앉아 있는 모습을 상상해 보았다.

그런데 여학생 하나가 교실로 들어서다가 나를 보고는 비명을 질러 댔다. 하필이면 내가 앉았던 의자의 주인이었다. 그 아이는 내게서 고약한 냄새가 난다고 난리를 치며 수위를 불렀다. 내가 수위에게 끌려 나갈 때에도 그 아이는 의자가 더러워졌으니 이제 어디에 앉아야 하냐며 눈물까지 흘렸다.

그러나 관광객들에게 이런 이야기까지 할 수는 없었다. 그들은 바빴다. 하긴 이런 이야기까지 들어줄 만큼 한가한 관광객이 있을 리 없다.

나는 담요를 어깨에 두르고 가게들의 벽을 따라 드리워진 그늘 속에 쪼그리고 앉아 있었다. 하지만 경찰차의 사이렌이 들려오자 몸을 일으켰다. 나는 담요에 흙이 묻지 않도록 조심했다. 더러운 담요를 다른 사람에게 넘겨줄 수는 없기 때문이었다.

거리로 순찰을 나온 경찰들이 더 늘어났다. 경찰차 하나가 경광등을 번쩍이며 내 곁을 지나쳐 달려갔다. 뒤편에서 고함을 지르는 관광객들과 맞고함을 치는 경찰들의 목소리가 들려왔다.

나는 고함 소리를 싫어한다. 모두들 조용히 살아갈 수는 없는 것일까?

나는 포근하고 어둡고 악취가 나지 않는 곳에 가고 싶었다.

공원묘지가 딱 그런 곳이었지만, 그곳에 들어가기는 쉽지 않다. 늘 묘지기가 지키고 있기 때문이다. 묘지에는 영국인들이 많이 묻혀 있다. 묘지기는 무덤가를 잠자리로 삼으려는 사람들을 내버려두지 않는다.

공원묘지는 가까이에 있다. 그곳에 들어갈 수 없다면, 시알다 역으로 가는 수밖에 없다. 이젠 명당자리를 환히 꿰찰 만큼 나도 콜카타에서 사는 데 익숙해졌다. 거리가 물로 가득 차는 장마철을 버텨 냈고, 지금은 겨울도 견뎌 내는 중이다. 자리아는 옛이야기에나 나오는 머나먼 곳으로 느껴졌다.

결국 나는 공원묘지로 발걸음을 옮겼다. 굳게 닫힌 문 바로 앞에 작은 경비실이 보였고, 묘지기는 그 안에서 의자에 앉아 잠들어 있었다. 조금 떨어진 거리에선 난리법석인데 어떻게 편하게 잠잘 수 있는지 알 수가 없었다. 경비실로 다가갔더니 데시다루라는 술의 냄새가 풍겼다. 집에서 빚어 뒷골목에서 불법으로 파는 싸구려 술이다. 나는 그런 냄새가 나는 곳은 피해 다닌다. 이모부라고 여겼던 사람 때문에 정말 지긋지긋해서다.

나는 주위를 살핀 다음, 메트로폴 호텔의 담요를 문에 걸치고 그 위를 넘어서 안으로 들어갔다. 공원묘지는 고요하고 어두웠다. 길거리에서 들려오는 소음도 높은 돌담에 가로막혀 희미하게 들렸다.

잠들기에 적당한 자리를 찾아 나섰다. 가까운 곳에 있는 묘지 옆에는 몇몇 노숙자들이 죽치고 있었다. 나는 그들을 피해 오솔길을 따라서 더 안쪽으로 걸어갔다. 커다란 묘비 뒤편에 좋은 자리가 보였다. 긴장을 하고 돌아다닌 탓인지 조금 더웠다. 나는 재킷을 벗어서 베개처럼 말았다. 그런 다음, 담요로 몸을 감고 잔디 위에 드러누웠다. 나는 죽은 영국인들 사이에서 하룻밤을 보냈다.

✻

아침이 밝자, 묘지기가 언짢은 얼굴로 돌아다니며 노숙자들을 깨웠다. 조금 우스꽝스러운 광경이었다. 나는 묘지기가 두통에 시달리는 걸 잘 알고 있었다. 머릿속에서 한때 이모부였던 사람의 일그러진 얼굴이 떠올랐다. 그날따라 묘지기는 아침부터 일진이 안 좋은 것 같았다. 노숙자들이 공원묘지에서 잠자는 걸 윗사람이 알아 버려서 야단을 맞은 것이다. 게다가 골치가 지끈지끈하니 큰 소리가 절로 나오는 건 당연했다. 묘지기는 어서 꺼지라고 노숙자들에게 고함을 질러 댔다.

나는 공원묘지 안쪽 깊은 곳에 자리 잡고 있었기 때문에 들키지 않았다. 나는 얼른 벽 쪽으로 달려가서 철조망에 담요를 걸쳐 놓고 담을 기어올랐다.

하지만 빨간 재킷을 무덤가에 놓아두고 왔음을 뒤늦게 깨달았다. 담 위에서 바라본 재킷은 푸른 풀밭에 떨어진 한 송이 붉은 꽃처럼 보였다.

나는 담 위에 걸터앉아 묘지기가 다가오기를 기다렸다. 철조망의 녹슨 가시가 발을 할퀴었지만. 조금도 아프지 않았다. 나는 담 위에서 묘지기가 노숙자들을 쫓아내는 모습을 지켜보았다. 노숙자들은 자리에서 일어나는 게 귀찮은지 계속 뭉그적거렸다.

마침내 노숙자들을 모두 내쫓은 묘지기가 주위를 둘러보다가 나와 눈이 마주쳤다. 그는 숨을 헐떡였고 두통 때문에 얼굴을 찡그리고 있었다.

"이제 일은 다 마치셨어요?"

나도 모르게 웃음을 터졌다. 오늘도 즐겁게 하루를 시작하고 싶어졌다.

묘지기는 내가 자기를 비웃고 있다고 생각한 모양이다. 묘지기는 알아들을 수 없는 사투리로 고함을 지르며 내게 달려왔다. 하지만 무슨 뜻인지 대강은 알아챌 것 같았다.

이제 장난을 그만둘 때가 되었다. 자칫하면 가벼운 장난이 비열한 짓으로 변해 버릴 수도 있기 때문이다. 그런 짓은 즐겁게 하루를 시작하겠다는 의도와 거리가 멀다.

나는 철조망에서 발을 빼내고 도로 쪽으로 뛰어내렸다. 높은 담에서 뛰어내릴 때에는 발로 버텨서는 안 된다. 그러다가는 발목이 부러질 수도 있다. 실제로 그런 모습을 본 적도 있다. 나는 자동차나 스쿠터에 치이는 사람을 본 적도 있다. 그러면 차에서 내려 사과하고 다친 사람을 태우고 가는 운전자도 있지만, 그대로 뺑소니를 치는 운전사도 있다. 뺑소니차에 당하고도 가난해서 병원에 못 간 사람들은 평생 뼈가 부러진 채로 살아야 한다. 그런 사람들은 샌들에 달라붙은 소똥처럼 아무짝에도 쓸모없게 된 발을 질질 끌면서 절름거리며 걷는다.

뛰어내릴 때 나는 늘 몸을 옆으로 굴린다. 이렇게 하면, 옆으로 구르면서 발로 가해지는 충격을 다른 곳으로 분산시킬 수 있다. 이렇게 몇 바퀴 구르고 나서 일어나 몸을 털면 그만이다.

그런데 이번엔 제때 멈추지 못하는 바람에 보도 위에 판을 벌리고 있는 점쟁이와 부딪칠 뻔했다. 횃대에 앉아 있던 앵무새가 깜짝 놀라서 달아나려 했지만, 깃털이 잘려 있어서 날아가지는 못했다.

점쟁이들에게 앵무새는 비싼 장사 밑천이다. 나는 점쟁이들이 돈 버는 장면을 많이 구경했다. 그들이 하는 일이라고는 자리를 잡고 앉아서 이야기를 해 주는 게 전부였지만, 사람들은 기꺼이 돈을 내놓고 갔다. 앉아서 이야기만 하는 일이라면 나도 얼마든지 할 수 있을 것 같아서, 언젠가는 점쟁이가 되어야겠다는 생각이 들 정도였다.

"이렇게 달려들면 어떡하니? 조심했어야지."

점쟁이가 투덜거렸다.

"제가 담 위에서 뛰어내릴 걸 미리 알고 더 먼 곳에 자리를 잡으셨어야죠."

"그런 걸 내가 어떻게 알아?"

"점치는 사람이 그런 것도 몰라요?"

"점쟁이라고 모든 걸 다 알 수는 없어. 내가 점을 치는 방법은 따로 있어. 태어난 날짜와 별자리부터 알아야 해."

"저는 앵무새가 카드만 골라 내면 되는 건 줄 알았어요."

점쟁이는 자신의 과학적 지식과 앵무새의 재주가 결합되어 어떻게 정확한 점괘를 뽑아내는지를 한참 동안 신이 나서 설명했다. 알아들을 수 없는 말이 대부분이었지만. 어쨌든 나는 점쟁이의 이야기에 빠져들었다.

아직 배가 고프지 않기 때문에 나는 계속 점쟁이 앞에 앉아 있었다. 이야기가 시들해질라치면. 내가 점쟁이의 흥을 돋울 만한 말을 한마디씩 보탰다. 덕분에 우리는 즐거운 한때를 보냈다.

"그럼 저는 앞으로 어떻게 살게 될까요? 나중에 다시 와서 아저씨 말씀이 맞았는지 틀렸는지 말씀드릴게요."

"복채는 가져왔니? 빈손이겠지? 이건 내 밥벌이란다."

"아저씨의 점괘가 맞으면. 앞으로 많은 사람들에게 알리고 돌아다닐게요. 저 아래 수더 거리에서 관광객들에게 소문을 내면 모두 아저씨를 찾아올 거예요."

점쟁이는 머리채를 만지작거리면서 생각에 잠겼다.

"그럼 간단한 운세나 짚어볼까. 생일이 어떻게 되니?"

"저도 몰라요."

점쟁이는 한숨을 내쉬었다. 결국 내가 은근히 바랐던 방법으로 점을 치게 되었다. 점쟁이가 횃대에 앉아 있던 앵무새를 내려놓자, 앵무새는 담요 위에 펼쳐놓은 카드 중에서 한 장을 부리로 뽑아냈다.

그 카드를 집으려고 팔을 뻗자, 점쟁이가 내 손을 밀어냈다. 그리고 카드를 뚫어지게 들여다보다가 고개를 들더니 얼굴을 찌푸렸다. 그런 모습을 보고 있자니 나도 조금 신경이 쓰이기 시작했다.

"발리우드 영화에 나오는 유명한 배우라도 될 거라고 쓰여 있나요?"

나는 짐짓 농담을 건넸다.

"미안하게 됐다. 앵무새가 아직 잠이 덜 깬 모양이야. 곧 네게 친구들이 많이 생긴다고 쓰여 있구나."

"저라고 친구 없이 살라는 법이라도 있나요?"

"그렇진 않지. 하지만 너는 영국인 묘지에서 자는 아이잖니. 정말로 친구가 있다면, 네가 그런 데서 지내도록 내버려뒀을까?"

점쟁이가 실실 웃으며 거드름을 피웠다. 나는 말문이 막히면서 비위가 상했다. 점쟁이가 능글맞게 나왔으니 나도 심술궂게 받아치는 수밖에 없었다.

　나는 갑자기 소리를 지르며 앵무새에게 겁을 주었다. 그러자 앵무새는 깃털을 벗어 던지고 달아나려는 듯 자리에서 펄쩍 뛰어올랐다. 점쟁이도 깜짝 놀라서 앵무새를 달래려고 팔을 내밀다가 그만 몸을 감고 있던 망토가 젖혀졌다.

　그 순간. 점쟁이의 발이 눈에 들어왔다.

　발가락이 없었다. 짐승의 갈고리발톱처럼 둥글게 말려 있는 발이었다. 자리아의 철길 너머 마을에서 살던 그 사람들과 다를 것이 없었다.

　나도 모르게 자리에서 벌떡 일어났다. 그리고 죽을힘을 다해 달아났다.

　달리는 것 말고는 두려움을 떨쳐 낼 방법이 없었다. 얼마나 정신없이 달렸던지 뾰족한 돌멩이와 깨어진 유리 조각. 개와 소의 똥까지 밟고 달리면서도 아무런 느낌이 없었다.

　내 발은 완전히 무감각했다.

신들과
나눈 이야기

더는 달릴 수 없을 때까지 멀리멀리 달렸다.

콜카타는 어느새 잠에서 깨어나 있었다.

코코넛을 잔뜩 실은 자전거가 내 앞을 가로질러 지나가서 잠깐 멈췄다. 다시 달리자 자동차 정비소가 모여 있는 동네로 들어섰고, 사람들이 눈에 띄게 많아졌다. 이번엔 막 손님을 태운 릭샤가 앞을 막아섰다. 릭샤꾼이 끙끙대며 힘을 쓰자 릭샤가 겨우 움직이기 시작했다. 손님은 릭샤를 끄는 사람보다 훨씬 덩치가 크고 뚱뚱했다.

거리는 출근하는 사람들로 북적였다. 손수레를 끌거나. 커다란 갈대 바구니를 짐칸에 싣고 자전거 페달을 힘차게 밟거나. 엄청나게 큰

솜 꾸러미를 머리에 이고 가는 사람도 많았다.

방금 깨어난 도시처럼 내 배가 아우성을 치기 시작했다. 차 한 잔으로 하루를 시작할 수 있다면 더 바랄 게 없을 것 같았다. 가끔 내게 인심을 썼던 비베카난다 거리의 찻집 아저씨가 생각났다. 찻집까지 가려면 조금 걸어야 했지만. 그래도 시간이 너무 일렀다.

기온이 올라가자. 메트로폴 호텔의 담요가 어깨를 점점 내리눌렀다. 변변한 담요도 없이 길거리에서 살아가는 가족들은 얼마든지 찾아낼 수 있다. 성 제임스 교회의 담장 옆 커다란 쓰레기통 뒤편에 어느 가족이 보였다. 비쩍 마른 여자가 한 손으로는 아기를 안고 젖을 주면서. 또 한 손으로는 다른 아이들을 다독이고 있었다. 일거리를 찾으러 나갔는지 남편은 보이지 않았다.

나는 담요를 반듯하게 접어서 그 여자 앞에 내려놓았다. 그 여자는 정신이 없어서 알아차리지 못한 것 같았지만. 아이들은 알아차렸다. 아이들은 고사리 같은 손을 내밀어 담요를 쓰다듬으면서 방긋거리며 웃었다.

나는 걸었다. 자전거 하나가 헝겊 쪼가리를 가득 실은 수레를 끌고 내 곁을 지나갔다. 나는 얼른 수레에 올라탔다. 바이타카나 시장까지 편하게 가려고 했지만. 자전거를 몰던 짐꾼은 불필요한 짐 하나를 더 싣고 있다는 사실을 알아차렸다.

"내려! 어서 내려!"

나는 수레에서 뛰어내린 다음, 미소를 지으며 손을 모아 인사했다. 그러자 짐꾼은 어쩔 수 없다는 표정으로 눈웃음을 지었다. 어찌 보면 좋은 인연을 맺고 헤어진 셈이었다.

고가도로 아래쪽으로 뻗어 있는 비좁은 시장 골목을 가로질러 몇 구역쯤 올라가자 마침내 비베카난다 거리가 나왔다.

친절한 찻집 아저씨는 케이크 가게 바로 앞쪽에다 판매대를 차렸다. 나는 알록달록 예쁘게 장식한 작은 케이크와 과자들을 넋을 잃고 들여다보곤 했다. 마치 보석 가게에 전시된 보석이나 꽃처럼 화려해 보였다. 그것을 맛볼 수만 있다면 여왕도 부럽지 않을 것 같았다.

찻집 아저씨는 마침 새 차를 한 주전자 우려내고 있었다. 차를 다른 주전자에 옮겨 붓고 우유와 설탕을 넣어 섞으니 뽀얀 김이 뭉게뭉게 피어올랐다.

나는 벌써부터 따뜻한 차가 목을 타고 내려가는 상상에 빠져들었다. 차를 한잔 얻어 마시면 푸근하고 즐거운 마음으로 하루를 시작할 수 있을 것 같았다. 조금만 마셔도 허기를 어느 정도 달랠 수 있을 것이다.

하지만 그날의 첫 번째 불운이 닥쳐왔다. 갑자기 찻집 아저씨의 형이 릭샤를 타고 나타난 것이다. 늘 심술궂은 얼굴로 돌아다니는 형은 바로 그 판매대의 주인이다. 그가 나를 보더니 아저씨를 큰 소리로 야단치기 시작했다.

"이러니 내 벌이가 신통찮을 수밖에 없지. 이런 꼬맹이까지 너를 만만하게 보잖니. 내가 번 돈을 그냥 날려 버릴 셈이냐? 너도 도둑이야! 네놈이 도둑이 아니란 걸 증명해 봐. 안 그랬다간 이 판매대를 빼앗아 버릴 테니까. 동생이라고 봐줄 것 같아?"

찻집 아저씨가 나를 바라보았다. 내키진 않지만, 나를 쫓아 버릴 수밖에 없다는 표정이었다.

나는 어깨를 살짝 으쓱해 보이며 괜찮다는 신호를 보냈다. 그러자 아저씨는 어서 꺼지라고, 다시는 오지 말라고 소리치기 시작했다. 그러면서도 아저씨는 형 몰래 손으로 신호를 보냈다. 가까운 데 숨어 있다가 심술쟁이 형이 사라지면 다시 오라는 뜻이었다.

나는 가까운 곳에 있는 건물의 문 앞에 앉아서 기다렸다. 철공소의 일꾼들이 쇠를 두드리고 용접해서 난간이나 침대의 틀을 만드는 모습을 구경했다. 그러면서도 손까지 휘두르며 온갖 욕설을 쏟아 내는 아저씨의 형에게서 눈을 뗄 수 없었다.

드디어 형이 릭샤꾼을 불렀다. 릭샤꾼은 다른 손님을 태우러 가지도 못한 채 기다려야 했지만, 추가 요금도 받지 못할 게 뻔했다. 형을 태운 릭샤는 자동차와 손수레들 사이로 사라졌다.

나는 다시 찻집 아저씨의 판매대 앞으로 돌아갔다.

"오늘은 차를 줄 수가 없어. 몇 잔을 팔았는지 형에게 알려야 하거든. 찻잔 수와 통 안에 든 돈이 맞아야 해. 형이 나중에 확인해 본대."

신들과 나눈 이야기 🐇 73

아저씨는 우울한 목소리로 말했다.

찻집에서는 진흙으로 빚은 조그만 잔을 썼다. 차를 마시고 나면 손님들은 잔을 길바닥에 던져 버린다. 그래서 거리를 돌아다니며 깨진 잔을 모아 도자기 만드는 곳에 가져다주는 일을 하는 사람들도 있다. 도자기를 빚는 사람들은 그것을 물에 넣고 으깨어 진흙으로 만든 다음, 다시 잔을 만들었다. 가게 앞에는 깨진 잔이 수십 개쯤 뒹굴고 있었다. 나는 깨지지 않은 잔 하나를 도랑에서 발견하고 건져서 아저씨에게 가져갔다.

"그 잔은 더럽잖니."

정말로 그랬다. 나는 소매 끝으로 잔을 문질러 닦았다. 하지만 내 옷도 더럽긴 마찬가지였다.

아저씨는 내게 차를 줄 수밖에 없었다. 주전자에서 따뜻한 차가 한 줄기 흘러나와 내가 들고 있는 찻잔으로 들어갔다.

"얼른 마셔. 형이 돌아올지도 몰라."

아저씨가 재촉했다. 하지만 급하게 마시기엔 너무 뜨거워서 나는 찻잔을 들고 길 건너에 서 있는 보리수나무 아래로 갔다. 보리수나무는 시멘트 보도블록을 밀치고 자라나 있었다.

나는 두르가 푸자 축제(두르가 여신을 기리기 위해 조각상들을 만들어 전시하는 축제) 때 만들어진 두 개의 도자기 신상 옆에서 차를 홀짝홀짝 마셨다. 신상 하나는 손가락이 부스러져 있었고, 다른 신상은 코가 보이지 않았다. 물감으로 그려 넣은 신들의 옷은 원래는 밝은 파랑색과 노랑색이었겠지만, 먼지가 더께로 쌓여 알아보기가 힘들었다.

그러나 신들은 다정한 얼굴로 미소 짓고 있었다. 문득 신들도 목이 마를 것 같다는 생각이 들었다. 그래서 잔을 들어 입술 앞에 대 주었다.

나는 신들에게 축제가 즐거웠는지 물었다. 신들은 아무런 대답도 하지 않고 그저 웃기만 했다. 나도 신들에게 미소로 답했다. 우리는 햇볕을 즐기며 함께 앉아서 차를 즐겼다.

잠깐이지만, 외로움을 잊을 수 있었다.

그 짧은 시간 동안은 내게도 친구가 생긴 것 같았다.

갠지스 강

나에게는 어떤 힘이 있는 것 같다.

어느 한곳을 뚫어져라 바라보면서 정신을 집중하면. 바라는 일이 이루어지거나 누군가 내가 소망하는 일을 해 주곤 한다.

하지만 이런 재주를 아무 때나 써먹어서는 안 된다. 꼭 필요할 때에만 사용해야 한다.

드디어 내 힘을 발휘할 때가 왔다는 생각이 들었다. 배가 고파졌기 때문이다.

한낮이 되자 차로 겨우 달래 놓았던 시장기가 되살아났다. 차를 얻어 마신 행운도 이때쯤이면 힘을 잃는다.

나는 다시 한 번 행운을 기대하며 강가로 갔다. 콜카타 사람들은 이 강을 후글리 강이라고 부르지만, 콜카타 북부에서는 갠지스 강이라고 부른다. 강은 콜카타의 남쪽에서 벵골만으로 흘러 들어간다. 지도책을 본 적이 있어서 나도 이 정도는 알고 있다.

사람들은 어머니처럼 자애로운 갠지스 강의 축복을 받으려고 물속에 동전을 던진다. 나는 그 동전들을 주워서 먹을 것을 살 계획이었다. 그렇게 동전을 주운 적이 무척 많았다.

하지만 오늘은 운이 나쁜 날이었다. 자맥질까지 하며 진흙 속을 뒤졌지만, 허탕만 쳤을 뿐이다.

나는 잠시 숨을 고르기 위해 강기슭으로 따라 만든 시멘트 계단으로 올라갔다. 음식을 잘 먹지 못하면 몸이 둔해지고 오래 움직이기도 힘들다. 나는 금방 지쳐 버렸다.

나는 가까이에 앉아 있는 여자아이에게 내 힘을 사용해 보기로 했다. 그 아이는 운이 좋았던 모양인지 동전들을 쌓아 두고 짤랑거리며 장난까지 쳤다. 나는 그 소리가 신경에 거슬렸다.

"밥 먹어라."

어떤 여자가 저 위 계단에서 아이에게 소리쳤다.

"조금만 더 있다가요."

"잔말 말고 어서 와."

여자아이는 못 들은 척 고개를 돌렸다. 여자아이의 엄마는 바닥에

보자기를 깔고 그 위에 음식을 차렸다. 남자 한 사람과 할머니. 그리고 아이들도 몇 있었다. 그들은 행복하고 편안해 보였다.

강물로 들어가는 사람들이 오가는 계단은 붐볐다. 햇볕이 쨍쨍해서 여느 날보다 따뜻한 편이었다. 강으로 바로 이어지는 널찍한 계단은 산책을 나온 사람들과 요가를 하는 사람들도 많았다. 강바닥에서 진흙을 퍼서 몸에 바르고 햇볕을 쬐어 말리는 사람들도 있었다. 강가에서 결혼식을 치르는 신랑과 신부도 있었다. 기도문을 외우면서 강에 과일과 꽃과 향료를 바치는 이들도 있었다. 동전을 건지려고 물속으로 뛰어드는 아이들도 보였다.

어서 고개를 돌려! 동전을 놔두고 잠시만 고개를 돌리라고!

나는 여자아이에게 조용히 주문을 걸었다. 계속 정신을 집중했다.

아이가 말을 안 듣자. 이번엔 할머니가 나섰다. 할머니의 외마디 호통에 여자아이는 동전을 놔두고 고개를 돌렸다.

나는 그 순간을 놓치지 않고 번개처럼 달려들었다. 나는 여자아이가 알아차리기 전에 동전을 움켜쥐고 물속으로 뛰어들었다.

나는 멀리까지 헤엄치다가 잠깐 멈추어 숨을 몰아쉬고. 다시 물속으로 들어갔다.

동전이 사라진 것을 알고 여자아이가 고래고래 소리를 질렀다. 나는 참을 수 있을 때까지 숨을 참으며 물속에서 버텼다. 두 손을 다 놀려서 헤엄을 치려니. 동전을 입 안에 넣어야 했다.

나는 물살을 타고 저 아래로 헤엄쳐 내려갔다. 마치 한 척의 배나 물고기라도 된 것처럼 강물에 몸을 맡겨 두었다.

한참을 내려간 다음, 다시 강가로 갔다. 마침내 발이 땅에 닿자, 나는 바닥의 진흙을 힘겹게 헤치며 간신히 강가의 계단으로 올랐다. 그 계단은 시신을 태우는 화장터였다. 시신을 태우는 장작에서 연기가 피어올랐다. 화장을 마친 가족들은 아래쪽 계단에서 타고 남은 재를 뿌리며 죽은 이를 강으로 되돌려 보내고 있었다.

이곳에는 물속을 뒤지는 아이들이 보이지 않았다. 이곳에서까지 동전을 줍기는 꺼림칙한 모양이었다. 하지만 다른 계단과 마찬가지로 이곳 계단에도 동전을 던지는 사람들이 있었다. 강에서 축복을 구하는 사람들은 어디에나 있기 마련이다.

나는 다시 강물 속에서 바닥을 더듬었다. 가끔 동전이 한 푼씩 걸려들었다. 그러면 동전에 묻은 진흙을 강물로 씻어 낸 다음, 입 안에 넣었다.

얼마쯤 지나자 더는 입 안에 담을 수 없을 만큼 동전이 모였다. 나는 동전을 꺼내 양 손에 움켜쥐고 강둑으로 올라왔다.

평화로웠다. 기도문을 외며 꽃잎이나 금잔화로 만든 화환을 물에 띄워 보내는 사람들도 몇 명 있었다. 사원의 벽이 도시의 소음을 막아 주기 때문에 강가에는 기도 소리만 조용히 울러 퍼지고 있었다.

그런데 연기가 피어오르는 장작더미 옆에 홀로 서 있는 여자가 눈에 띄었다. 화장터를 찾는 여자들은 거의 없다. 내가 이미 돈을 가지고 있다는 사실을 숨기려면 동전을 숨겨야 했다. 나는 쿠르타 가장자리를 말아서 동전을 감쌌다. 그 여자는 책을 읽고 있었다.

책을 살 돈이 있다면 내게도 한 푼 줄 수 있겠구나 싶었다. 다가가면서 보았더니, 그 여자는 성경을 읽고 있었다. 영어 성경책이었다.

나도 성경 구절을 몇 개쯤은 외우고 있었다. 성경 구절은 일요일에 교회 앞에서 요긴하게 써먹을 수 있다.

"예수님은 눈물을 흘리셨어요."

내가 먼저 입을 열었다. 그랬더니 여자가 깜짝 놀라더니 책에서 눈을 떼고 고개를 들었다.

"맞아, 눈물을 흘리셨지. 그런데 왜 그러셨는지 아니?"

내가 그 이유를 알 리가 없었다. 하지만 불쑥 이런 질문을 받고 보니, 사람들이 우는 데에는 별의별 이유가 있을 거라는 생각이 들었다. 망치질하다 엄지손가락을 찧었을지도 모른다. 낯선 도시에서 길을 잃었을지도 모른다. 혹시 외로워서였을까? 그것도 아니면, 너무 재미난 이야기를 듣고 심하게 웃다가 눈물이 났을 수도 있다.

"슬퍼서였을까요?"

"그럼 무슨 일로 슬퍼하셨는지 아니?"

내가 그걸 또 어떻게 알겠는가.

"배가 고팠던 게 아닐까요? 저는 배가 고프면 눈물이 나와요."

여자가 내 뜻을 알아차리기를 바라며 빈손을 앞으로 내밀었다. 여자는 그 손을 흘낏 바라보더니 내 눈을 들여다보았다. 그러자 기분이 조금 묘해졌다.

"가족이 돌아가셨나요?"

"저 사람은 가족이 아니야. 누구인지는 나도 잘 몰라."

나는 잠시 생각에 잠겼다.

"날마다 여기에 오세요?"

어쩌면 이 여자는 화장터의 장작불 옆에서 책 읽는 걸 좋아하는 사람일지도 모른다. 세상에는 별의별 이상한 사람이 많으니까.

여자는 곧바로 대답하지 않았다. 고개를 들어 보니, 여자는 기도를 하고 있었다. 그러더니 조금 뒤 입을 열었다.

"저 사람은 내가 일하는 병원 밖에서 죽었어. 가족이라고 나서는 사람도 없었고. 아는 이가 하나 없었지. 그래서······."

그 여자가 갑자기 내 팔을 끌어당기며 소리쳤다.

"어머, 너 지금 숯불 가까운 곳에 서 있잖니!"

그 여자는 얼른 주저앉더니 내 발을 유심히 들여다보았다.

"화상이 심하구나. 베인 상처도 깊고."

"이 정도는 괜찮아요."

나는 얼른 발을 거두어들이며 말했다. 나는 그 여자가 빨리 돈이나 주기만을 기다렸다.

"너는 누구랑 사니? 누가 널 돌봐 주지?"

"저는 혼자 살아요."

나는 슬슬 거북해지기 시작했다. 돈을 구걸할 때 사람들이 내게 이 것저것 캐묻는 것은 흔히 있는 일이다. 그런데 이 여자는 정말로 관심을 갖고 내 대답을 기다리는 것 같았다. 당장 먹을 걸 살 정도의 돈은 생겼기에 나는 슬슬 뒤로 물러났다.

그런데 여자가 내 팔을 잡았다. 나는 어떤 일이 닥칠지 알아차렸다. 나는 때리는 걸 막으려고 얼른 손을 올려 얼굴을 가렸다.

그러자 묶어 두었던 쿠르타의 매듭이 풀어지면서 동전들이 바닥으로 쏟아져 내렸다.

"잠깐만 기다려."

여자는 여전히 내 팔을 잡은 채로 몸을 수그리고 동전들을 주웠다.

"이거 놔요! 보내 달란 말예요!"

나는 소리를 질렀다. 동전을 다 빼앗기고 손찌검도 당할 게 확실했다.

하지만 여자는 동전을 모두 돌려주었다. 그러더니 내가 흥분을 가라앉힐 때까지 곁에 앉아서 가만히 기다렸다. 여자는 내 팔꿈치 근처에 있는 얼룩얼룩한 반점들을 만졌다.

"이런 반점이 또 있니?"

나는 대답하지 않았다. 그러자 또 질문이 이어졌다.

"발이 아주 엉망이더라. 불에 데거나 베었을 때 아프지 않았어?"

이 도시에 처음 왔을 때 상처들이 조금도 아프지 않다고 하자, 무케르지 아줌마는 고함을 지르며 나를 집밖으로 쫓아냈었다. 그래서 나는 거짓말을 했다.

"아니요. 무척 아팠어요."

여자는 다시 내 눈을 유심히 들여다보았다. 순간, 마음이 몹시 불편했지만, 무엇 때문인지는 알 수가 없었다.

"내 발이 마법에 걸렸나 봐요."

나는 기어들어가는 목소리로 말했다.

"나랑 병원에 가 볼까? 나는 의사고, 이름은 인드라야. 네 발에 생긴 상처를 치료해 줄 수도 있어."

"인드라 선생님이요? 저는 발리예요. 그런데 저는 아무렇지도 않아요."

"집은 있니? 예, 아니오로만 대답해도 괜찮아."

나는 콜카타에 도착한 첫날에 만났던 할아버지의 말이 떠올랐다.

"땅과 하늘과 공기가 있는 곳이라면 어디든 제 집이에요."

"어젯밤에는 어디에서 잤니?"

"공원묘지에서 잤어요."

"나와 함께 가면 따뜻한 잠자리가 있어. 끼니도 해결할 수 있고, 치료도 받을 수 있어. 그러다가 네가 떠나겠다면 억지로 붙잡지도 않아."

인드라 선생님은 내 팔을 놓아주었다. 나는 언제든 달아날 수 있었다.

인드라 선생님은 화장터 인부들에게 손을 흔들었다. 인부들은 잔가지로 불을 지핀 다음 점점 더 굵은 나무를 올려놓았다. 화장이 끝나면, 인부들은 유골을 긁어모아서 유골함에 담아 강으로 나를 준비를 한다.

인드라 선생님은 지갑에서 돈을 꺼내 인부들에게 건넸다. 화장 비용은 이미 치렀을 것이다. 화장터에 여러 번 와 봐서 이곳이 어떻게 돌아가는지 훤히 꿰고 있었다. 화장터를 사용하려면 미리 비싼 장작 값을 치러야 했다.

"감사합니다."

인드라 선생님이 인부들에게 손을 내밀어 악수를 청했다. 세 남자는 주저하는 눈빛이었다. 대부분의 사람들은 화장터 인부들의 몸이 손에 닿는 걸 꺼렸기 때문이다. 인부들은 시신을 다루는 데다 아주 지저분했다.

인드라 선생님이 계속 손을 내밀고 기다리자, 결국 인부들이 차례로 악수를 했다. 그리고 내게 돌아서며 물었다.

"결정했니?"

나는 모험을 해 보기로 마음먹었다.

인드라 선생님은 미소를 지었다. 우리는 강물과 장작불 연기가 피어오르는 화장터를 뒤로 하고 길을 나섰다. 우리는 오일 마사지를 받거나, 강에 바칠 향이나 꽃을 사거나, 이발사에게 면도를 받는 사람들을 위해 세워 둔 천막 사이를 지나 찻집과 꽃 파는 행상들로 붐비는 거리로 들어섰다.

인드라 선생님이 손을 흔들어 택시를 세우더니 문을 열어 주었다. 그러나 나는 주저주저했다.

"낯선 사람과 함께 택시에 탄 아이들은 돌아오지 않았어요. 저는 그렇게 되고 싶지 않아요."

"병원은 여기서 멀어. 발도 엉망인데 어떡하려고?"

"택시로 가세요. 어디서 만날지만 알려 주시면 돼요."

인드라 선생님은 택시를 그냥 보냈다. 그러고는 깜짝 놀랄 만큼 커다란 친절을 내게 베풀었다. 인드라 선생님은 어깨에 둘렀던 두파타(인도식 스카프)를 풀어 내리더니, 지갑에서 작은 가위를 꺼내 반으로 잘랐다. 그리고 내 두 발을 두파타로 감싸고는 흘러내리지 않도록 단단히 묶고 나서 말했다.

"네가 그렇게 먼 곳까지 걸을 수 있다면, 난들 못 걸을 리가 없지."

아름다운 피

꽤 먼 거리를 걸어야 했다. 인드라 선생님은 굳이 내게 달라붙으려하지 않았다. 나는 인드라 선생님의 등을 보며 뒤에서 걸었다. 인드라 선생님은 말없이 걷고 있을 뿐이었다. 인드라 선생님은 내가 따라오는지 확인하려고 뒤를 돌아보지도 않았다. 마음만 먹으면 나는 언제라도 달아날 수 있었다.

나는 옆으로 다가갔다. 인드라 선생님은 자기 이야기도 해 주었다. 인드라 선생님은 오랫동안 무척 열심히 공부했다. 알아야 할 것들이 너무 많아서 절대로 다 배울 수 없을 거라고 생각했다. 하지만지금은 머릿속에 다 담아 두었기 때문에 필요할 때는 언제나 꺼낼 수 있다고 했다.

"나는 늘 의사가 되고 싶었어. 친구들은 틈만 나면 영화를 보러 다 녔지만, 난 생물학 책과 씨름하거나, 거리의 진료소로 봉사 활동을 나갔지."

"저는 영화를 보러 간 적이 한 번도 없어요."

"지금은 나도 영화를 즐겨 보는 편이야. 바라던 일을 하게 됐으니, 이젠 영화를 볼 시간도 조금 생겼지."

인드라 선생님은 영화관에 가자는 말을 꺼내지는 않았다. 나를 배려하는 마음 때문이었을 것이다. 자리아에서 기찻길 옆에 살던 시절, 어떤 사람이 남자아이를 영화관에 데려간 뒤로 그 아이가 사라져 버린 일이 있었다.

인드라 선생님이 툭툭(오토바이 뒤에 짐칸을 달아서 만든 작은 차)을 태워 주어도 문 옆에 앉을 수 있다면 괜찮겠다는 생각이 들었다. 마침 툭툭 한 대가 우리에게 다가오자 인드라 선생님이 손을 흔들어 세웠다. 인드라 선생님이 운전사 옆에 앉았고, 나는 그 옆의 좁은 틈에 끼어 앉았다. 툭툭은 처음에는 쌩쌩 달렸지만, 얼마 못 가 자동차들 사이에 갇혀서 가다 서다를 반복했다. 하지만 그래도 좋았다. 나는 툭툭을 타는 것만으로도 즐거웠다.

차가 덜 붐비는 곳에 이르자 다시 툭툭이 속도를 냈다. 운전사가 방향을 바꾸어 버스와 멜론을 가득 실은 트럭 사이로 잽싸게 빠져

나가려 하자, 내 몸이 인드라 선생님 쪽으로 기울었다.

툭툭이 친절한 찻집 아저씨 가게 앞에 잠시 멈추어 섰다. 몇 마리
의 소가 길을 막고 서 있기 때문이었다. 나는 찻집 아저씨에게 소리를
지르며 손을 흔들었지만, 아저씨는 알아채지 못했다. 다시 돌아온 형
에게 혼쭐이 나느라 울상을 짓기에도 바빠서였다. 그러는 사이에 다
시 툭툭이 출발했다.

'오늘은 정말 기분 좋은 날이야!'

나는 사람들을 향해 이렇게 소리 지르고 싶었다.

조금 뒤, 인드라 선생님이 운전사에게 세워 달라고 했다. 툭툭을
더 탈 수 없어서 아쉬웠지만, 이번엔 또 어떤 일이 기다리고 있을지
궁금했다. 나는 주린 배부터 채우고 싶었다.

인드라 선생님이 내게 손을 내밀었다. 그것은 명령이 아니라 초대
의 몸짓이었다. 그 손을 잡는 것도, 외면하는 것도 나의 자유였다. 나
는 그 손을 잡기로 했다.

인드라 선생님은 부드럽게 내 손을 잡았다. 원한다면 얼마든지 손
을 빼낼 수도 있었다.

우리는 햇살이 따갑고 시끄러운 거리를 벗어나 어느 건물의 커다
란 방으로 들어섰다. 시원하고 넓은 방이었다. 창문 밖으로 화초와
나무들이 보였다. 평온한 분위기였다.

줄줄이 늘어선 의자에 사람들이 빼곡히 앉아 있었다. 양복을 입고

휴대 전화로 통화하는 사람과 청바지를 입은 소년이 눈에 들어왔다. 소년은 이어폰을 귀에 낀 채로 발끝을 까딱거리고 있었다. 어떤 젊은 여자는 커다랗고 두꺼운 책을 읽으면서 공책에다 무엇인가를 써 넣고 있었다. 환자복을 입고 머리에 터번을 두른 할아버지는 아기를 무릎 위에 앉혀 놓고 손가락으로 장난을 치며 어르고 있었다.

인드라 선생님을 따라서 의자들 옆을 지나갔다. 어떤 문으로 들어서자. 거기에도 의자에 앉아 기다리는 사람들이 있었다. 책상 뒤에 앉아 있던 남자가 고개를 들어 인드라 선생님을 바라보았다.

"쉬는 날인데도 나온 거야? 병원을 떠나지 못하는구만."

"새로운 친구가 생겼거든. 얘는 발리야."

"반갑다."

남자가 미소를 지으며 인사했다. 친절한 인상이었지만. 미소를 짓는다고 해서 무조건 믿을 수 없다는 것은 이미 알고 있었다. 미소를 짓다가도 별안간 목덜미를 움켜잡고 뒷골목에다 팽개칠 수도 있는 것이다.

인드라 선생님은 목소리를 낮추어 그 남자에게 말했다.

"진찰을 해야 하니까 조용한 방을 하나 내 줘. 가만히 기다리고 있을 애가 아니야."

"구두장이가 오늘 떠났으니까 거길 쓰면 되겠네."

"그렇겠군. 잘 됐어."

"밥부터 먹이는 게 좋지 않겠어?"

그 남자가 다시 미소를 지어 보였다. 하지만 나도 웃어 보이기에는 아직 이르다는 생각이 들었다.

우리는 계단을 따라 위층으로 올라가 가죽과 연장들이 가득한 방으로 들어갔다. 반쯤 만들다가 만 구두들이 눈에 들어왔다.

"여기서 잠깐만 기다리겠니? 곧 돌아올게."

낯설면서도 재미있는 곳이었다. 내 마음을 알아차렸는지, 인드라 선생님은 문을 열어 둔 채로 방을 나갔다. 그리고 조금 뒤 이상한 도구들을 담은 쟁반을 들고 선생님이 돌아왔을 때. 나는 양손을 집어넣은 구두 한 짝을 무릎 위에 올려놓고 있었다.

"나는 물구나무서서 손으로 걸을 수도 있어요."

그러자 인드라 선생님은 가만히 미소를 지으며 구두를 받아 선반에 올려놓았다.

"의사에게 진찰을 받아본 적이 있니?"

"무케르지 아줌마가 내 몸을 살핀 적은 있어요. 그 가게의 여자들은 점심때까지 잠을 자요."

"언제 얘기야?"

"콜카타에 처음 왔을 때 트럭 운전사들이 저를 그 가게로 데려갔어요. 무케르지 아줌마가 밥도 주고 목욕도 시켜 주었는데. 몸을 들여다보더니 갑자기 소리를 지르며 저를 쫓아냈어요. 그래도 지금 입고 있는 옷은 무케르지 아줌마가 준 거예요."

내가 입고 있던 쿠르타는 그동안 많이 헤지고 닳았지만. 강물에 들어갔다 나온 덕분인지 때 탄 얼룩이 많이 지워져 있었다.

"심장이 뛰는 소리를 들어봐야겠다."

인드라 선생님은 사람의 몸을 왼쪽과 오른쪽으로 나누어 그린 그림을 보여 주었다. 그림의 반은 뼈였고 나머지 반은 살갗이었다. 인드라 선생님은 심장이 있는 곳을 가리켰다.

"내 몸 안에 저런 게 있어요?"

"누구나 다 있어. 이건 청진기야."

인드라 선생님은 청진기의 한쪽 끝을 귀에 꽂고. 둥글고 넓적한 판을 내 가슴에 댔다.

"심장은 아주 잘 뛰고 있구나. 너도 들어 볼래?"

인드라 선생님이 청진기를 귀에 꽂아주자 내 심장이 뛰는 소리가 들려왔다. 그 소리가 신기해서 누군가 방으로 가져온 음식 접시도 눈에 들어오지 않을 지경이었다.

"먼저 손부터 씻으렴."

"방금 강에서 닦았는걸요."

"수돗물로 다시 씻어야 해."

인드라 선생님은 접시를 선반 위에 올려놓고 나를 구석에 있는 세면대로 데려갔다. 그리고 수도꼭지를 틀고 비누를 건네주었다.

손에서 때가 그렇게 많이 나올 줄은 몰랐다. 나는 내 손이 깨끗할 거라고 생각했었다. 인드라 선생님의 마음에 들기 위해서는 한참 동안 손을 문질러야 했다. 그런 다음에야 나는 접시를 들고 의자에 앉을 수 있었다. 접시에는 차나달(동그랗고 납작한 모양의 콩)과 사모사(채소나 과일을 만두처럼 밀가루 반죽으로 싸서 만드는 음식)와 꽃양배추 카레가 담겨 있었다. 내게도 동전이 몇 푼 있긴 하지만, 이렇게 맛있는 음식은 사 먹지 못했을 것이다. 나는 허겁지겁 음식을 입에 넣었다.

인드라 선생님이 내 팔에 주삿바늘을 꽂고 피를 뽑았다. 하지만 배가 불러서인지 이 정도 따끔한 것은 얼마든지 참을 수 있었다. 내 피는 조그만 시험관에 담겼다.

"피를 현미경으로 들여다보면서 이상한 게 없는지 살펴볼 거야."

"현미경이 뭐예요?"

"아주아주 작은 것까지 볼 수 있는 신기한 기계야. 네게도 보여줄게. 너도 재미있어 할 거야. 하지만 우선 발에 붕대부터 감아야겠다."

인드라 선생님은 소독약으로 내 발을 닦고 연고를 발랐다. 붕대를 감고 파상풍 주사도 놓아 주었다. 이 주사를 맞으면 병에 걸리지 않는다고 했다. 그런 다음, 나를 다른 방으로 데려갔다. 그 방에도 내가 처음 보는 것들이 많았다. 어떤 남자가 책상에 놓인 이상한 기계를 들여다보고 있었다.

"어린 과학자가 현미경을 들여다보고 싶대요. 조심하겠다고 약속도 했어요."

인드라 선생님은 그 남자에게 내 피가 담긴 시험관을 건넸다.

"그럼 슬라이드 만드는 방법부터 알려줘야겠구나."

남자는 얇은 유리 조각에 내 피를 한 방울 떨어뜨리고, 그 위로 다른 병 안에 있던 액체 한 방울을 떨어뜨렸다.

"이걸 넣으면 색이 들어가서 눈에 더 잘 보이게 되지."

남자가 먼저 현미경을 들여다보았다. 다음은 인드라 선생님의 차례였다. 내 차례가 오자, 인드라 선생님은 다이얼을 돌리며 어떻게 초점을 맞추는지 알려주었다.

현미경으로 들여다본 내 피는 정말로 아름다웠다. 내 피가 이렇게 예쁜 빛깔인지 전에는 몰랐다.

"내 몸 안에 있던 피라고요? 정말 예뻐요."

"우리의 몸은 세포로 이루어져 있단다. 세포는 정말로 신비롭지. 언젠가 네게 세포에 대해 설명해 줄 날이 올지도 모르겠구나."

"지금 얘기해 주세요."

"그건 다음 기회로 미루자. 지금은 너의 예쁜 피를 한 번 더 살펴봐야겠어."

나는 의자에서 내려와 인드라 선생님에게 자리를 양보했다. 인드라 선생님은 한동안 현미경을 들여다보더니, 종이에 무언가를 잔뜩 써 넣었다. 그러고는 나를 돌아보며 입을 열었다.

"발의 감각이 없어진 건 피 속에 있는 세균 때문이야. 네 팔에 있는 얼룩 반점도 그것 때문에 나타나는 증상이란다. 너는 한센병에 걸렸어. 나병이라고도 하지. 나병을 일으키는 균이 신경을 공격해서 제 구실을 못 하게 하는 거야."

"나병이요……?"

나는 그것이 무슨 병인지 몰랐다. 그저 어리둥절할 뿐이었다.

"네게 무슨 잘못이 있어서 이 병에 걸린 건 아니야. 죄를 지어서 벌을 받는 게 아니라는 뜻이지. 나균은 우리가 숨을 쉴 때 들이마실 수도 있는 세균이야. 대부분은 균을 마셔도 병에 걸리지 않아. 너는 다만 세균을 물리치지 못하는 5퍼센트의 사람에 속해 있을 뿐이야. 무슨 말인지 알겠니?"

"알겠어요."

나는 제대로 듣지 않고 건성으로 대답했다. 배를 두둑이 채운 데다 의자도 편안해서 그런지 인드라 선생님의 이야기가 귀에 잘 들어오지 않았다.

"치료할 수 있는 병이니까 겁낼 것 없어. 이미 손상된 신경을 되살릴 수는 없지만, 세균을 몰아내고 증상이 심해지는 건 막을 수 있단다. 당장 약부터 먹기 시작하자. 그러면 되는 거야. 몇 군데는 심하게 헐어서 피부 이식을 해야 할지도 몰라. 그렇게 하려면 한동안 병원에서 지내는 게 좋을 것 같구나."

몸이 의자 깊숙이 가라앉는 것만 같았다. 정신이 가물가물하면서 자꾸 눈이 감겼다. 일어나야 한다고 생각하면서도 무거워지는 눈꺼풀을 들 수가 없었다.

인드라 선생님이 나를 안아 올리는 것 같았다. 나는 선생님의 어깨에 머리를 기댔다. 우리는 계단을 올랐다. 인드라 선생님에게서 꽃향기가 났다. 부드러운 목소리가 귓가를 포근하게 휘감았다.

인드라 선생님이 나를 부드러운 곳에 눕히는 듯 했다. 나는 곧 잠에 빠져들었다.

❋

"일어나. 식사 시간이야."

"그냥 자게 내버려 둬."

"지금 계속 자면 밤에 깨게 돼. 그러면 우리가 못 잔다고."

"새내기 아가씨. 어서 일어나. 저녁 먹어야지."

두런거리는 말소리들이 잠을 헤집고 들어왔다.

나는 깨끗한 냄새가 나는 방의 부드러운 매트 위에서 잠들어 있었다. 정말로 편안했다.

음식 냄새가 났다. 그러자 자는 것보다는 먹는 게 낫겠다는 생각이 들었다. 나는 언제나 그렇게 살아 왔다.

하지만 나는 눈을 뜨자마자 비명을 질렀다.

괴물 같은 사람들이 나를 내려다보고 있었다. 여기저기 흉터가 있거나 코가 없는 여자들이 나를 에워싸고 있었다. 손가락이 없는 여자는 나를 흔들어 깨우고 있었다. 나뭇가지를 잘라 내고 남은 듯한 뭉툭한 손이었다.

나는 침대에서 벌떡 일어나며 여자를 옆으로 밀쳐 냈다.

"잔뜩 겁을 먹었구먼."

"그냥 가게 내버려 둬. 여기에 있어 봐야 말썽만 부릴 거야."

"아직 어려서 그런 거잖아."

나는 그들이 수군거리는 목소리를 뒤로하고 문 밖으로 달려 나갔다. 그리고 계단을 내려가다가 마침 위로 올라오던 사람과 부딪혔다.

"왜 그래? 무슨 일이니?"

인드라 선생님이 내 어깨를 붙잡고 물었다. 몸부림치면서 빠져나가려고 했지만. 인드라 선생님의 손은 꿈쩍도 하지 않았다.

"왜 그러는 거야?"

"여긴 괴물들이 사는 곳이잖아요! 괴물들이 나를 잡아먹을 거예요! 나를 갈기갈기 찢어 버릴 거라고요!"

"여긴 병에 걸린 사람들이 건강을 되찾는 병원이란다. 절대로 이상한 곳이 아니야."

인드라 선생님의 목소리는 차분하면서도 엄했다.

"괴물들이 득시글댄다고요!"

"그런 얘기를 정말로 믿어? 이 사람들이 괴물이라고 믿는 거니? 너는 스스로 생각할 줄 아는 사람이잖아."

나로서는 감당하기 어려운 일이 벌어졌다. 그리고 생각해 보지도 않았던 이야기를 들어야 했다. 겁이 나면서도 한편으로는 부끄러운 마음이 들었다.

내가 스스로 생각할 줄 아는 사람이라니. 나는 그게 무슨 뜻인지도 몰랐다.

인드라 선생님은 내 어깨를 놓아 주었다. 모든 걸 내게 맡기겠다는 뜻이었다.

하지만 이렇게 난리를 피우고도 아무 일 없었다는 듯 돌아갈 수는 없는 노릇이었다. 돌아서고 싶었지만, 어떻게 해야 좋을지 알 수 없었다.

나는 아무 말 없이 대기실을 지나 병원 밖으로 나왔다. 나는 다시 콜카타의 거리로 돌아갔다.

죽은 사람

"이 사람 죽은 거 아냐?"

바라티는 매표소에 누워 있는 사람을 보다가 고개를 돌리더니 휘둥그레진 눈으로 나를 쳐다보았다.

"그래, 죽었어."

내가 대답했다.

바라티는 훌쩍거리면서 내 뒤로 반걸음쯤 물러섰다.

병원에서 뛰쳐나오고 몇 주가 지났다. 그동안 나는 상냥함이라고는 찾아볼 수 없는 아이로 변해 갔다. 자신이 낯설게 느껴질 정도였다. 거리의 개를 보면 걷어차고 싶었고, 눈먼 거지가 동냥해서 얻은 돈을 빼앗고 싶었고, 벽보를 보면 찢어 버리고 싶었다. 바라티처럼 내게 살갑게 구는 작은 여자아이들에게도 못되게 굴고 싶었다.

나는 지난 몇 달 동안 머물고 떠나기를 되풀이하던 세알다 역으로 돌아왔다. 세알다 역에는 아이들이 많이 살았다. 이곳에는 잠을 자기 좋은 어둡고 외진 자리도 있고, 사람들이 많아 구걸하기도 좋고, 여행자들이 바닥에 흘린 음식 부스러기도 있었다. 기차역은 쓸 만한 물건들을 빌리기에 적당한 곳이다. 수많은 사람들이 물건을 떨어트리거나 배낭을 연 채로 다닌다.

바라티는 떠돌이 생활을 시작한 지 얼마 안 되는 꼬마라서 제 앞가림을 제대로 하지 못했다. 처음 만난 날, 바라티는 꼼짝 말고 한 자리에만 있으라고 윽박지르는 오빠와 함께 있었다. 그래야지 자기가 언제든 찾을 수 있다는 것이었다. 하지만 바라티의 오빠는 다른 사내아이들 패거리와 휩쓸려 돌아다녔다. 바라티의 오빠는 나와 비슷한 또래였다.

바라티가 나를 졸졸 쫓아다녀도 별로 귀찮지는 않았다. 바라티는 내가 하는 말이라면 철석같이 믿는 얌전한 아이였다. 하지만 이 아이가 영원히 나와 함께 살게 할 수는 없는 노릇이었다.

"누가 저 사람을 여기에 버려둔 거야?"

죽은 남자는 머리끝까지 담요를 뒤집어쓰고 매표소 판매대 위에 누워 있었다. 나는 이런 광경을 수없이 보았다. 기차역에서 오래 살았기 때문이다.

"자기가 판매대 위로 올라간 거야."

"왜?"

"너는 질문이 너무 많아."

"그래도 알고 싶어."

"저 사람은 자기가 곧 죽을 걸 알았을 거야. 그래서 청소부가 바닥에 물을 뿌릴 때 몸이 젖지 않게 하고 싶었겠지."

역에서는 이른 아침마다 물청소를 했다. 잠자리에서 미처 일어나지 않은 사람들은 물세례를 당해야 했다. 그래서 나는 언제나 일찍 일어나려고 노력했다.

"왜 얼굴을 덮은 거야?"

"죽은 뒤에 남들이 자기 얼굴을 보는 게 싫었겠지."

"그게 왜 싫어?"

나는 그런 대화에 싫증이 났고 바라티에게도 짜증이 났다.

"죽은 사람의 혼이 얼굴을 본 사람에게 옮아가니까 그렇지. 너는 그런 것도 모르니?"

나는 바라티에게 그럴싸한 이야기를 꾸며댔다. 가끔은 말을 내뱉고 나서야 내가 무슨 말을 했는지 깨달을 때도 있었지만, 나는 그런 순간들을 즐겼다.

나는 주머니에서 분홍색 매니큐어를 꺼냈다. 승무원 몰래 기차에 올라 구걸할 때 어떤 여자의 핸드백에서 빌려 온 것이었다. 원래는 동전 지갑을 노렸지만, 갑자기 기차가 흔들리는 바람에 아무거나 손에 잡히는 대로 가져온 물건이었다.

나는 죽은 사람을 향해 다가갔다. 하지만 나는 그 사람이 정말 죽은 건 아니라는 사실을 알고 있었다. 그 사람은 매일 밤마다 매표소의 판매대에서 자는 비쉬와스 씨였다. 비쉬와스 씨는 낮에는 시장에 있는 형네 셔츠 판매대에서 일했다. 원래는 형의 집에서 살았지만, 형수님이 자기를 싫어한다고 했다. 나는 비쉬와스 씨의 신세타령을 여러 차례 들어서 다 알고 있었다. 그는 누구든 곁에 오기만 하면 그 얘기부터 꺼냈다.

"언니, 뭐 하는 거야?"

바라티가 내 팔을 잡아 끌어당기며 물었다. 나는 팔을 흔들어 그 손을 떨쳐냈다. 보모 노릇을 하는 것도 지겨워지고 있었다. 나는 판매대 위에 누워 있는 비쉬와스 씨에게 다가갔다. 담요 밖으로 발가락들이 나와 있었다.

나는 매니큐어를 붓에 묻혀 비쉬와스 씨의 발톱을 칠하기 시작했다. 발톱을 다 칠하는 데에는 시간이 많이 걸리지 않았다. 발가락에 묻히지 않으려면 신경을 더 써야 했겠지만, 어쨌든 발톱에 분홍색 매니큐어를 칠하는 것이 내 목적이었다.

칠을 다 끝내고 나서 매니큐어가 마르기를 기다리며 바라티에게 말을 걸었다.

"이제 마법을 풀어야 해."

"마법을 풀어?"

"응. 죽은 사람을 찾아낸 건 너잖아. 마법을 풀지 않으면 유령이 널 쫓아다닐 거야."

"어떻게 해야 하는데?"

"아주 쉬워. 세 바퀴 돌고 나서, 시체를 보면서 손뼉을 힘껏 세 번 쳐야 해. 그리고 '카아아아!'라고 외치는 거야. 어때, 할 수 있겠어?"

바라티가 고개를 끄덕였다. 곧 재미난 일이 벌어질 판이었다.

"어서 해 봐. 나는 뒤에서 보고 있을 테니."

나는 바라티가 제자리에서 세 바퀴를 돌게 한 다음, 기둥 뒤편으로 달아났다.

바라티는 손뼉을 세 번 치고 나서 온 힘을 다해 소리쳤다.

"커어어어!"

그러자 비쉬와스 씨는 얼떨결에 벌떡 일어나다가 판매대 아래로 굴러 떨어졌다.

바라티는 비명을 지르며 달아났다.

비쉬와스 씨는 바닥에서 몸을 일으켰지만, 너무 놀라서 바라티를 쫓아가지도 못했다. 그러다가 발톱이 분홍색으로 반짝이고 있음을 알아차렸다.

나는 터져 나오는 웃음을 참을 수가 없었다. 하지만 그것은 즐거움이라기보다는 비열함만 남은 웃음이었다.

비쉬와스 씨가 나를 향해 달려들었다. 하지만 화를 내 봐야 내 걸음을 따라잡을 수는 없었다. 나는 문을 훌쩍 뛰어넘어 기찻길 쪽으로 달아났다.

나는 절대로 잡히지 않았다. 비쉬와스 씨는 문을 뛰어넘기에는 나이가 너무 많다.

그런데 낄낄거리며 도망치다가 하필이면 바라티의 오빠와 부딪혔다. 바라티의 오빠는 사내아이들 패거리와 함께 있었다. 해어진 옷을 입고 있는 깡마른 사내아이들은 험상궂은 표정을 지었다. 바라티는 오빠의 허리를 꼭 끌어안은 채 울고 있었다.

"왜 내 동생을 울려?"

바라티의 오빠가 나를 노려보며 말했다.

"네 동생은 원래 울보잖아. 너도 울보고."

나는 슬슬 성질을 건드리며 대꾸했다.

"나는 울보가 아니야."

"언젠가 밤에 네가 우는 소리를 들었어. 엄마가 보고 싶어! 엄마가 보고 싶어! 이렇게 징징거리는 걸 보고는 네가 오빠가 아니라 언니인 줄 알았어."

나는 사내아이들을 둘러보며 한마디 덧붙였다.

"너희는 어떻게 이런 울보와 같이 다니니?"

여자아이에게 놀림을 받으면 남자들은 팔팔 뛴다. 그건 어른도 그렇고, 아이도 그렇다. 바라티의 오빠는 머리끝까지 화가 올라온 모양이었다. 사내아이들은 바라티의 오빠를 흘끗흘끗 바라보며 얼굴을 찌푸렸다.

나는 잽싸게 달아나기 시작했다. 세알다 역으로 드나드는 길은 얼마든지 있다.

사내아이들은 걸음이 빠르기 때문에 먼저 내빼는 게 상책이다. 나는 옆쪽 출구로 달아나기로 마음먹고 한 번에 계단을 두 개씩 뛰어내려 주차장으로 들어섰다.

사내아이들이 계속 쫓아왔기 때문에 멈출 수가 없었다. 나는 고가도로 아래로 펼쳐진 시장 안으로 쏜살같이 달아났다.

시장 안은 무척 어두웠다. 해는 아직도 한참 있어야 뜰 것이다. 갓도 없이 매달려 있는 알전구의 불빛 때문에 눈앞을 분간하기가 오히려 어려웠다.

여기저기서 잠든 사람들의 모습이 보였다. 수레 위에도, 판매대 옆에도, 통로에도 사람들이 누워 있었다. 하마터면 몇 번이나 그런 사람들을 밟을 뻔했다.

사내아이들은 계속 나를 쫓아왔다. 나는 미로처럼 얽힌 통로를 빠져나가면서도 잠든 사람들을 방해하지 않았지만, 그 아이들은 그러지 못했다. 그러다 보니 물건을 쓰러트리거나 잠든 사람들을 밟을 수밖에 없었다.

등 뒤에서 물건이 넘어지는 소리와 고함소리가 들려왔다. 나는 걸음을 멈추고 뒤를 돌아보았다. 장대가 쓰러지면서 차양이 무너지는 바람에 엉망이 되어 버린 과일 판매대 앞에서 성난 남자가 아이들을 때리는 모습이 보였다.

그늘 속에 숨어 있었기 때문에 그쪽에서는 나를 볼 수 없었겠지만, 나는 그 광경을 낱낱이 지켜볼 수 있었다. 남자가 성을 내는 모습이 보였고, 아이들의 비명소리도 들려왔다.

판매대에 놓여 있던 과일들이 사방으로 흩어져 바닥에 뒹굴었다. 멜론 하나는 내 발치까지 굴러와 있었다. 나는 얼른 멜론을 주워들어 가슴에 안고 달아났다.

아직 자동차가 다니지 않아 거리는 고요했다. 그래서 사내아이들이 비명을 지르는 소리는 한참 동안 내 귓가를 맴돌았다.

나는 상점가를 지나서 대학이 있는 사라니 거리에 닿을 때까지 멜론을 안고 걸었다. 나는 책방들이 늘어선 거리의 도로 경계석 위에 앉아서 멜론을 쪼갰다. 아직 덜 익어서 씁쓸한 맛이 남아 있었다. 멜론 즙이 흘러내려 쿠르타가 끈적거렸다.

어떤 일이 벌어지든 무슨 상관이란 말인가?

굴러들어온 기회를 스스로 걷어찬 뒤라. 이제는 될 대로 되라는 심정이었다.

나는 배가 아파질 때까지 씁쓸한 멜론을 씹어 삼키다가 도랑에 토
해 버렸다. 하지만 기분은 조금도 나아지지 않았다.

피자

나는 다른 경계석으로 자리를 옮기고 멍하니 앉아 있었다. 보통 때의 나였다면 책방 거리를 서성이는 걸 즐겼을 것이다. 이 거리에는 책 판매대들이 죽 늘어서 있었고, 가는 곳마다 책들로 가득했다. 산스크리트어(인도의 고대 언어)로 쓰인 낡은 책들이 있는가 하면 새 영어책도 있었고, 힌디어나 독일어나 프랑스어로 쓰인 교과서도 있었다. 별의별 사람들이 책을 사거나 살펴보러 이 거리를 찾았다. 나는 사람들 사이를 살금살금 오가며 이야기를 엿들었다. 무슨 말인지 거의 알아들을 수 없었지만, 나는 사람들의 이야기를 듣는 게 좋았다. 그런 사람들의 주위를 돌아다니기만 해도 내가 대단한 사람이 된 듯

한 기분이었다.

하지만 그날 아침에는 책방 거리에 와 있다는 사실이 나를 더 우울하게 했다.

인드라 선생님이 내 발에 감아 주었던 깨끗한 붕대는 이미 때가 잔뜩 묻어 더러워졌고, 그나마도 풀어져 나풀거리고 있었다. 반창고를 문질러 붙여 보려 했지만 별 소용이 었다.

나는 다시 깨끗한 붕대를 감고 싶었다. 아니, 실은 이보다 더 큰 소망이 있었다.

나는 인드라 선생님처럼 되고 싶었다. 나도 무엇인가를 배워서 그 지식을 사람들에게 나누어 주고 싶었다. 마음만 먹으면, 친절하게 웃돈까지 줄 수 있을 만큼 두둑한 지갑도 가지고 싶었다. 손을 흔들어 택시나 툭툭을 잡아타고, 운전사에게 내가 원하는 곳으로 가 달라고 말하고도 싶었다.

하지만 이런 일은 일어날 수 없다. 어떻게 이런 일이 가능할 수 있겠는가? 나는 정말 보잘것없는 사람이다. 이젠 석탄을 주울 수도 없는 신세다.

나는 붕대를 뜯어내 둘둘 말아서 힘껏 내던져 버렸다. 그러자 어디선가 넝마주이 소년이 나타나더니 얼른 붕대를 자루에 주워 담았다. 땅바닥에 질질 끌리는 자루는 소년의 키보다 더 커 보였다. 소년은 무언가에 걸린 듯 비틀거리더니 이내 중심을 잡고 앞으로 걸어갔다.

나는 하마터면 넝마주이 소년을 따라갈 뻔했다. 잠시만이라도 누구와 함께 있고 싶어서였다.

저 아이가 나를 반길 리가 없지. 이런 혼잣말이 절로 나왔다. 나는 넝마주이 소년을 그냥 보내 버렸다.

나는 책방 거리를 빠져나와 사라니 거리로 들어섰다. 어느덧 자동차들이 도로를 메우고 있었다. 나는 천천히 달리는 자동차를 기다리다가 어느 트럭의 뒷 범퍼를 움켜쥐었다. 그리고 그네를 타듯 몸을 흔들다가 재빨리 올라타서 화물칸에 실린 짚단더미에 매달렸다.

그런데 오토바이를 타고 가던 사람이 경적을 울리며 트럭 운전사에게 불청객이 있음을 알렸다. 운전사는 차를 멈추더니 밖으로 나와서 어서 내리라며 고함을 쳤다. 나는 기죽지 않고 맞고함을 치며 트럭에서 뛰어내려 반대편 차선으로 달아났다. 그런 다음, 이번에는 지나가던 버스에 매달렸다. 버스가 서자 툭툭으로, 툭툭이 서면 다른 트럭으로 옮겨 탔다.

이 차들이 어디로 가는지는 알고 싶지도 않았다. 몇 시간을 이렇게 돌아다녔다.

그러고 나자 마음이 가라앉으면서 배고픔이 밀려왔다. 나는 사탕수수를 실은 트럭에 타고 있다가 뛰어내렸다.

길 건너편에는 뉴벵갈 쇼핑몰이 있었다. 높은 벽에 번쩍이는 간판이 달려 있고, 입구에는 화분이 늘어선 넓고 화려한 곳이었다. 이곳에 들어갈 수만 있다면 먹을 걸 찾는 일은 어렵지 않을 것 같았다. 쇼핑몰의 쓰레기통은 언제나 가득 차 있으니까.

안으로 들어가려면 현관을 통과해야 하는데, 경비원이 있다는 게 문제였다. 나는 모험을 해 보기로 했다. 경비원이라고 해서 모두 다 자기 일을 좋아하거나 업무에 충실한 건 아니다. 빈둥거리면서 담배를 피우거나 꾸벅꾸벅 조는 사람들도 있다.

나는 어슬렁거리면서 경비원의 눈길을 피해 현관으로 다가갔다. 투명인간처럼 한동안 주위를 서성이다가 조금 떨어진 계단에 앉아서 경비원들을 지켜보았다.

굽이 높은 구두를 신고 멋진 사리를 걸치고 장신구들로 치장한 여자 몇 명이 다가왔다. 그 여자들은 이야기를 나누며 깔깔대고 있었다. 그런데 경비원이 그 여자들을 멈춰 세웠다.

"가방 안을 좀 보겠습니다."

여자들은 모두 커다란 핸드백을 메고 있었다.

"왜죠?"

"죄송합니다만. 저희도 어쩔 수 없습니다."

"우리가 테러리스트라도 되나요? 폭탄이라도 넣고 다닐 것 같아요?"

여자들이 항의했지만. 경비원은 물러서지 않았다.

발을 동동 구르며 경비원이 해고당하게 하겠다며 따지던 여자들은 결국 핸드백을 건넬 수밖에 없었다.

그들이 서로 옥신각신하는 가운데 나는 행동을 개시했다. 그들의 눈길이 핸드백에 쏠리는 틈을 타서 나는 계단을 올라 슬그머니 현관 안으로 들어갔다. 아무에게도 들키지 않고 쇼핑몰 안으로 들어가는 데 성공한 것이다.

쇼핑몰은 정돈이 잘돼 있었다. 온갖 물건들이 한데 모여 바글거리는 시장과는 무척 달랐다. 시장은 늘 활기차다. 장사꾼들은 꽥꽥 소리 지르는 닭과 콜카타 교외의 밭에서 거두어 새벽 기차로 실어 나른 채소를 판다. 시장에서는 꽃과 쇠똥 냄새가 나고, 파코라가 지글거리는 소리와 고수 잎을 척척 자르는 소리가 들려온다. 시장은 시끄럽고 무더우며, 비라도 내리면 난장판이 된다.

쇼핑몰은 홀이 넓고, 청소를 자주 해서 깨끗하다. 바닥에서는 쓰레기를 찾아볼 수 없다. 공기는 시원하고 쾌적하다. 어슬렁거리는 동물들도 보이지 않고, 진열장 안에 가지런하게 놓인 보석이나 옷 따위가 눈에 들어올 뿐이다. 물건을 사러 나온 여자들도 은근하게 향수 냄새를 풍겼다.

식당은 한곳에 모여 있다. 쓰레기통은 식당 뒤편에 있는데, 아직 버리지 않은 음식들이 남아 있을 것이다.

몇 계단을 오르면 밝은 조명 아래 식탁이 놓여 있고, 음악이 흐르는 커다란 방이 나온다. 사람들은 판매대로 가서 피자나 샌드위치, 또는 중국 음식이나 채식 요리를 받는다. 얼음 덩어리들이 플라스틱 컵 안으로 떨어지는 소리, 콜라나 오렌지를 넣은 탄산음료를 얼음에 붓는 소리가 방 안에서 들려온다.

　나는 방 뒤편에 놓인 플라스틱 조화 뒤에 쪼그리고 앉아서 주위를 살폈다. 여기에도 경비원들이 있고, 손님이 일어서면 곧바로 식탁을 닦으며 남은 음식을 치우는 직원들이 돌아다니기 때문이었다. 가까운 자리에서 어느 가족이 점심을 먹고 있었다.

　"피자를 마저 먹어야지."

　아이의 아빠가 꾸짖었다.

　"싫어, 핫도그 먹고 싶단 말이야."

　꼬마가 칭얼댔다.

　"피자를 사 달라고 했잖아?"

　"지금은 핫도그가 먹고 싶어."

　"어서 피자나 먹어. 그리고 콜라도 마셔. 음식을 버리면 안 돼."

　아이 엄마도 아빠를 거들고 나섰다. 그 가족은 별것도 아닌 문제로 실랑이를 벌였다. 그러더니 이번엔 집안 얘기로 말다툼을 했다.

　"주말마다 당신 형님 집에 가는 건 너무 힘들어요."

　"나는 당신이 하자는 대로 다 했는데, 당신은 그것도 못 해줘?"

　이런 이야기를 듣고 있자니 골치가 아파 당장이라도 자리를 옮기고 싶었다. 하지만 식탁 위에 남은 음식 때문에 발걸음이 떨어지지 않았다.

'어서 자리에서 일어나!'

나는 마음속으로 그 가족에게 주문을 걸었다. 그러나 주문은 힘을 발휘하지 못했다. 그들은 계속 자리에 앉아 있었다.

'어서 음식을 자리에 두고 일어나라고!'

나는 다시 주문을 외웠다.

"아이스크림 먹고 싶어!"

"왜 아이를 제대로 가르치지 않은 거야? 밖에만 나오면 버릇없이 굴잖아."

"당신이 밖으로만 돌지 않고 집에 좀 붙어 있으면 되잖아요."

"아이스크림 먹고 싶어!"

"아이스크림은 못 사 줘."

아이는 큰 소리로 울어 댔지만. 엄마와 아빠는 들은 척도 안 했다. 이들 가족이 식당을 나가는 모습에 손님들의 눈길이 쏠렸다. 그 틈에 나는 얼른 식탁으로 달려들었다.

한 손으로는 피자를 반으로 접어서 주머니 속에 넣고. 다른 손으로는 커리 가루를 뿌린 감자와 달. 그리고 매운 토마토소스와 오이 샐러드를 입 안에 쑤셔 넣었다. 나는 파라타(밀가루를 얇게 부쳐서 만드는 인도식 빵) 조각들을 움켜쥐고 남아 있던 콜라까지 단숨에 마시고 나서 경비원이 오기 전에 재빨리 달아났다.

뱃속에서 콜라의 탄산이 올라오면서 트림이 꺽 하고 나왔다. 나는 트림이 올라오는 것도 즐거웠다. 다른 사람들은 어떤지 모르겠지만, 나는 이런 것에는 신경도 쓰지 않는다.

나는 쇼핑몰 복도를 걸어가면서 파라타를 먹었다. 뱃속에 음식이 들어가자 모든 게 달라졌다. 그제야 주위를 둘러보며 시원하고 깨끗한 공기 속에서 시간을 즐길 수 있었다.

"크리스마스 세일이 나흘밖에 남지 않았습니다!"

젊은 남자가 구두 매장 앞에서 소리쳤다. 자꾸만 주머니에 넣어 둔 피자 생각이 떠올랐지만, 배가 더 고파질 때를 대비해 남겨 두어야 했다.

나는 서점 앞에 멈춰 섰다. 창문에 붙어 있는 인체 해부도가 눈길을 끌었기 때문이다. 사람의 몸을 반으로 나누고 왼쪽에는 뼈가, 오른쪽에는 내장을 비롯한 장기들이 그려져 있었다. 병원에서 인드라 선생님이 내게 보여준 그림과 비슷했다.

나는 심장이 그려진 해부도에 한 손을 대고, 다른 손은 내 심장 위에 올려놓았다. 손으로 심장의 박동이 전해졌다. 나는 해부도를 들여다보며 생각에 잠겼다.

청진기로 들었던 심장의 소리가 어땠지? 심장에서 빨간 핏줄들이 나와 온몸으로 뻗어 간다. 인드라 선생님이 내 피를 뽑았던 팔로도 핏줄이 이어진다. 피가 심장에서 나온다는 건 알겠는데, 그렇다면 피는 심장에서 만들어지는 것일까?

"얼쩡대지 말고 저리 가!"

갑자기 점원이 다가와 나를 쫓아내려고 했다.

"어서 가. 너와는 아무 상관도 없는 그림이야."

"내 몸속이 저렇게 생겼어요. 아저씨도 그렇고요."

"돈 있어? 돈이 없으면 너랑 상관없는 거야."

"돈은 많아요. 나는……"

나는 피자가 들어 있는 주머니를 두드렸다. 그러면서 인드라 선생님에게 들었던 말을 간신히 떠올렸다.

"나는 생물학 책을 사고 싶어요."

나는 서점 안으로 들어가려 했지만, 이번엔 관리인이 질색하며 소리쳤다.

"나가! 그 더러운 손으로 어딜! 여기에 네가 볼 책은 없어."

관리인은 점원에게도 호통을 쳤다.

"이런 일이 한 번만 더 생기면 너도 쫓겨날 줄 알아!"

나는 서점에서 걸어 나왔다. 울화가 치밀었다. 내게 돈이 있는지 없는지 자기네들이 어떻게 알 수 있단 말인가? 내 호주머니를 꿰뚫어 보기라도 한단 말인가?

그때, 창문에 비친 내 모습이 눈에 들어왔다. 요즘에 나는 내 모습을 제대로 본 적이 별로 없었다. 하지만 나는 보았고 깨달았다.

나는 지저분했다. 인드라 선생님과 맞닥뜨릴까 봐 그동안 강에 나가지 않은 탓이었다. 옷은 너덜너덜하면서 더러웠고, 머리카락은 푸석푸석하게 뒤엉켜 있었다. 비바람을 맞는 거친 생활에다. 밤마다 개미들 등살에 머리를 벅벅 긁어 댄 탓이었다.

점원의 말이 옳다는 생각이 들었다. 책은 나와는 상관없는 물건일 뿐이다. 나는 책을 사러 온 다른 사람들과는 전혀 다르다. 나는 그저 때가 꼬질꼬질하고 초라한 거지일 뿐이다.

나는 쇼핑몰을 빠져나왔다. 현관을 지나 밖으로 나오는데, 경비원들이 깜짝 놀라며 소리쳤다.

"어떻게 들어간 거야? 어서 꺼져!"

나는 계단에 앉으려 했지만, 경비원들은 그마저도 막아섰다.

나는 길을 건너가 도로 경계석에 앉았다. 경비원들도 그것까지 막지는 못했다.

하지만 씁쓸한 마음을 달랠 수는 없었다.

발

도로 경계석에 걸터앉아서 발을 들여다보았다. 흙투성이였지만,
내 발의 상태를 짐작할 수는 있었다.

발바닥과 양옆으로 커다란 염증이 흉물스럽게 생겨났고, 불에 덴
자리는 물집으로 부풀어 있었다. 유리에 베인 상처나 아침에 트럭에
서 뛰어내릴 때 부딪히고 긁힌 자국도 보였다.

게다가 내 발에서는 고약한 냄새가 났다. 그 냄새는 길거리의 흔
한 오물이 풍기는 냄새와는 달랐다. 그보다 훨씬 더 심했다. 내 발에
서 나는 냄새는 죽은 지 사흘 지난 개의 곁을 지나갈 때 나는 냄새만
큼이나 고약했다.

나는 지나가는 사람들의 발을 바라보았다. 길가에 앉아 있으니 발을 구경하기에는 딱 좋았다. 굽이 높은 구두를 신은 발. 군화를 신은 발. 맨발. 두꺼운 천으로 만든 운동화를 신은 발 들이 내 앞을 지나갔다.

얼른 쇼핑몰에 들어가고 싶어 안달하는 아이들의 경쾌한 발놀림이 보였고, 손수레를 미는 장사꾼들의 지친 발걸음도 보였다.

이보다 더 나빠질 수 있을까? 발만 떨어져 나가지 않으면 그만이다. 염증이 생기거나 고약한 냄새가 나면 좀 어떤가? 이렇게 나쁜 냄새 때문에 죽은 사람은 아무도 없다.

아니. 그런 사람도 있을까? 하긴 나로서는 알 수 없는 노릇이다.

나는 큰 소리로 외쳤다.

"나는 아무것도 몰라!"

어쩌면 자리아로 돌아가는 게 나을지도 모르겠다. 몸에서 피가 어떻게 만들어지고, 어떤 일 때문에 사람이 죽는지도 알지 못하는데. 석탄을 주우며 이모가 아닌 사람과 함께 산들 무슨 상관이 있을까. 석탄 조각을 찾거나 주워서 자루에 담는 일은 나도 잘한다. 많은 사람들이 평생 그런 일을 하며 살아간다.

"어서 가라니까!"

경비원이 내게 외치는 소리인 줄 알았다. 쇼핑몰의 경비원이 길 건너에 앉은 사람에게까지 소리칠 권리는 없는데 말이다. 내게는 경비원과 실랑이를 벌일 힘도 거의 남아 있지 않았다.

"우리 아기를 위해 한 푼만 주세요."

가녀린 목소리였지만, 나는 그 말을 분명히 알아들었다.

해어지고 더러운 사리를 걸친 깡마른 여자가 쇼핑몰 경비원이 지키고 선 현관 앞에 있었다.

아기는 그 여자가 어깨를 가로질러 둘러맨 포대기 안에 있었다. 여자는 한 손으로는 포대기를 흔들어 아기를 어르면서, 다른 손을 앞으로 내밀고 있었다.

"한 푼만 도와주세요."

그 여자는 아무것도 받지 못할 게 뻔했다. 거리에서 몇 달을 지내고 나니, 어떤 사람은 구걸을 해도 도움을 받을 수 없다는 것을 알 수 있었다.

쇼핑몰로 들어가려는 손님들은 난처한 모양이었다. 손님들은 여자가 내민 손을 외면한 채, 안으로 들어가려고 서둘러 검색대를 통과했다.

크리스마스 세일이 아직도 나흘이나 남아 있는데 왜 저렇게 서두르는 걸까? 나는 갑자기 나흘이라는 시간이 너무 길게 느껴졌다. 하긴 이 몇 달 동안 시간이 어떻게 가는 줄도 모르고 지내왔다. 당장 먹을 것과 잠잘 곳에만 신경을 쓰느라 시간의 흐름에 대해서는 생각할 틈이 없었다.

모든 날이 엇비슷하게 되풀이될 뿐인데 굳이 그런 걸 생각할 필요가 있을까? 어차피 조금 더 먹는 날과 별로 먹지 못하는 날, 공원묘지에서 자는 날과 길바닥에서 자는 날, 강에 가서 씻는 날과 그렇지 않는 날이 있을 뿐이다.

내 생애 최고의 날에 탄전의 석탄 구덩이 가장자리에 서서 나의 미래를 보았던 것처럼, 이날도 눈앞에서 나의 미래가 빤히 보였다.

구걸하려고 펼쳤던 손을 힘없이 늘어뜨리고 고개를 숙인 채 길 건너 내가 앉아 있는 자리로 다가오는 여자는 바로 미래의 나였다.

여자는 울고 있었다. 여자의 포대기 안에서도 가느다란 울음소리가 들려왔다.

"정말 운이 나쁜 날이에요."

나는 위로하듯 말을 걸었다. 여자는 내 옆자리에 힘없이 주저앉으며 대답했다

"언제나 그랬지, 뭐."

나는 주머니에서 반으로 접어 둔 피자 조각을 꺼냈다. 피자에는 보풀이 묻어 있었다. 나는 손으로 보풀을 뜯어냈다.

"받으세요."

여자는 피자를 건네받고도 처음엔 가만히 들여다보기만 했다. 그러더니 조금 떼어 내어 입 안에서 부드럽게 씹은 다음, 아기에게 주었다. 그러자 포대기 안에서 조그만 고사리 손 두 개가 나와 피자를 받

았고. 이내 울음이 멈추었다.

"고마워."

여자가 나에게 인사를 했다. 나는 자리에서 일어났다. 갈 길이 멀었다.

쇼핑몰은 콜카타 시내에서 멀리 떨어진 소금호수 근처에 있었다. 자동차 꽁무니에 매달려 시내로 돌아갈 수도 있었지만. 그냥 걷고 싶었다.

그때만 해도 내게 어떤 일이 벌어질지 알지도 못했고 상상도 할 수 없었다. 나는 두 번 다시 이 거리로 돌아오지 않을 사람처럼 걸음을 서둘렀다.

한참을 걷다 보니, 푸른 잔디 위로 대리석 집들이 늘어선 부자 동네가 나왔다. 그곳을 지났더니 물고기 양식장이 나왔고. 그 뒤로는 길이 좁아졌다. 대나무로 얼기설기 엮은 집들이 늘어선 빈민가와 노숙자들이 모여드는 거리를 지났다. 그리고 상점가와 이슬람 사원과 영화관을 지나자. 이번엔 정자와 조용한 정원이 딸린 요가 공원이 나왔다. 해질녘이라 짙은 먼지와 배기가스가 자동차 불빛을 받아 안개처럼 피어올랐다.

점점 지쳤지만. 걸음을 멈추지 않았다. 걸음을 멈추면 엉뚱한 생각이 들까 봐 두려웠다. 아무 생각도 하지 말자고 혼잣말로 중얼거렸다.

병원에 닿았을 때는 이미 한밤중이었다. 병원으로 들어가는 출입문은 단단히 잠겨 있었다. 나는 길 건너편의 건축 공사장에서 밤을 지새웠다. 공사장에 놓인 시멘트 토관 옆 여기저기서 코를 고는 소리가 들려왔지만, 나는 잠들지 않았다. 나는 아무 생각도 하지 않으려고 애쓰며 병원 문이 열리기만을 기다렸다.

동이 터오자 경비원들이 나와서 문을 열었다. 나는 벌떡 일어나 길을 건넌 다음 병원으로 들어갔다. 계단을 오르니, 침대들이 놓여 있고 괴물들이 있는 방이 다시 나를 맞았다.

아직은 모두 잠들어 있는 시간이었다. 방 안에 있는 사람들은 이불로 덮여 있는 짐 덩어리 같았다. 하지만 이젠 그들이 괴물로 보이지 않았다.

내가 잠들었던 침대가 어떤 것인지 기억났다. 창문 옆 두 번째 침대였다. 그 침대에서는 누군가 잠을 자고 있었다. 휘감은 붕대 때문에 얼굴을 알아볼 수 없었다. 하지만 여자들만 있는 방이었기에, 침대에 누워 있는 사람도 여자인 것은 분명했다. 그 사람은 팔과 가슴에도 붕대를 두르고 있었다.

나는 병원으로 돌아오기 위해 아주 먼 길을 걸었고, 밤도 꼬박 새웠다. 그런데 당장 어떻게 해야 좋을지 알 수 없었다. 이곳에 내 자리가 없으리라는 생각은 해 보지 않았다.

내가 지금 할 수 있는 행동은 하나밖에 없었다. 나는 그 생각을 실

행에 옮겼다.

　　나는 침대 받침대를 두드리며 소리쳤다.

　　"일어나요! 이건 내 침대란 말예요!"

결심

모두가 나를 반기는 것은 아니었다.

솔직히 말하면, 인드라 선생님이 오기 전까지 몇 시간 동안은 나를 반기는 사람이 아무도 없었다.

병실의 여자들은 달갑지 않은 눈치였다. 차를 데우기도 한참 전인 이른 시간에 단잠을 깨운 탓이었다. 모기들이 앵앵거리는 소리를 들으며 다시 잠을 청하기란 쉬운 일이 아니다.

나를 반기지 않기는 간호사들도 마찬가지였다. 간호사들은 눈도 붙이지 못한 채 밤새 일했다. 게다가 근무를 교대할 시간이 다 되어 가고 있었기 때문에 이리저리 확인하거나 서류에 써 넣을 내용이 많아 바쁜 것이다. 내가 병원에 있었던 하루 동안 근무했던 간호사는 아무도 없었다. 그러니 그 침대가 내 것이었다는 사실을 알 리가 없었다.

경비원도 기분이 언짢은 것 같았다. 나는 담을 기어오르거나 창문을 깨지는 않았다. 그저 문이 열릴 때까지 기다렸을 뿐이다. 하지만 그들이 지쳐 있을 시간에 소란을 피운 건 사실이었다.

그들 사이에 이런 이야기들이 오갔다.

"저 아이가 들어올 수 있다는 건, 누구든 맘대로 들어올 수 있다는 얘기예요."

"누가 그러겠어요? 사람들은 오히려 우리를 보면 도망가는 걸요. 제 발로 이 병원에 들어올 사람은 없어요."

"저 아이는 들어왔잖아요. 나는 저 아이가 말썽을 피울 줄 알았다니까."

마침내 경비원이 내게 말했다.

"꼬마 아가씨, 나와 함께 대기실로 가야겠어."

나는 맞을 각오까지 하고 있었다. 하지만 지친 탓인지 경비원은 나를 때릴 생각이 없는 것 같았다.

아무튼 나는 절대로 그 방을 떠날 수 없었다. 그랬다가는 병원을 떠나야 할지도 모르기 때문이었다. 겁이 났다. 그래서 나는 침대 모서리를 잡고 한 걸음도 움직이지 않았다.

"인드라 선생님이 여기 있으라고 했단 말예요. 이건 내 침대예요."

그러자 경비원은 그만 물러났다. 그리고 간호사들은 환자들을 돌보기 시작했다. 간호사들은 붕대를 갈고, 소변통을 가져오고, 침구를 정리하고, 약을 나눠 주었다. 누구도 목소리를 높이거나 나를 때리지 않았다.

나는 먼 길을 걸어왔고 밤을 꼬박 새웠다. 한바탕 소란이 가라앉자 병실은 다시 조용해졌다. 그제야 피곤이 몰려왔다. 눈꺼풀이 무거워지면서 나는 병실 바닥에라도 몸을 누이고 싶어졌다.

"피곤하면 여기 앉아 있어."

지팡이를 짚은 사람이 침대 끝으로 의자를 놓아 주며 말했다. 못본 척하려 했지만, 편히 앉고 싶은 마음을 억누를 수 없었다. 나는 의자에 앉자마자 머리를 침대에 기댄 채 깊은 잠에 빠져들었다.

"잘 잤니, 발리?"

마침내 인드라 선생님이 출근한 모양이었다.

"다시 돌아온 이유를 말해 주겠니?"

나는 졸음을 털어내려고 고개를 휘저으며 의자에서 일어났다.

"붕대가 풀어졌어요."

"발에 감았던 붕대를 새것으로 갈려고 왔단 말이니?"

"네."

"다른 건 필요 없고?"

실은 나도 인드라 선생님처럼 되고 싶다는 말을 꺼내고 싶었지만, 입이 떨어지지 않았다.

"붕대만 갈면 돼요."

이렇게 대답하면서도 나는 인드라 선생님이 나의 속마음을 알아차려 주기를 바랐다.

"나를 따라오렴."

인드라 선생님은 나를 밖으로 데리고 나갔다. 우리는 뜰에 놓인 의자에 앉았다.

"네가 바라는 게 붕대를 새로 감는 것뿐이라면 도와줄 수가 없을 것 같구나."

"도와주시지 않을 건가요?"

"그런 건 도움이 안 돼. 오히려 너를 고통스럽게 할 뿐이야."

"그렇지 않을 거예요."

"아니야. 너는 다시 거리로 돌아가서 살 테고. 그러는 동안 발과 온몸의 신경이 더 상할 거야. 나는 의사야. 나는 사람들에게 해가 되는 일은 하지 않겠다고 선서까지 했어. 붕대만 감아 주고 거리로 내보내는 것은 네게 해가 되는 일이야. 선서와 어긋나는 일이지."

"선서가 뭐예요?"

"마음을 담은 약속이란다."

"누구와 약속하는 건데요?"

"나 자신과 약속하는 거야. 스스로에게 한 약속을 지키는 것은 아주 중요한 일이란다. 그러니 네가 붕대 가는 것만 원한다면 나는 도와줄 수 없어."

나는 풀이 죽어서 고개를 들지 못하고 손만 내려다보고 있었다.

"그럼 제가 어떻게 해야 하죠?"

"병을 고치고 건강해지도록 노력해야지. 나병은 약을 먹으면 고칠 수 있어. 우리가 너를 치료하게 되면 상처도 나을 수 있지. 너는 아직 어린애야. 그런데 부모님이나 보호자도 없잖아. 그래서 나는 너를 강제로 치료받게 할 수도 있어. 하지만 나는 네가 스스로 결정하길 바라는 거야."

"무얼요?"

"입원만 하면 돼. 우리는 어떤 약이 네게 잘 들을지 검사할 거야. 한 가지 약만 먹어도 되는 사람들도 있지만, 약을 세 가지쯤 써야 할 때도 있어. 검사 결과에 따라 육 개월에서 이 년 정도 매일 약을 먹어야 해. 발에 난 상처도 낫게 하려면 수술을 해야 할지도 몰라."

나는 수술이 무엇인지 잘 몰랐다. 나는 그저 다른 걱정만 하고 있었다.

"온종일 병원에서 지내야 하나요?"

"한동안은 그래야겠지. 그러고 나서 다시 생각해 보자."

"낮에는 밖에 나갔다가, 밤에만 병원에서 잘 수도 있잖아요."

"그건 안 돼. 입원한다는 말은 여기에서만 지낸다는 뜻이야. 기분 내키거나 귀찮다고 해서 거리로 뛰쳐나가서는 안 돼. 여기에서 살아야 하는 거야."

"그럴 수는 없어요."

"왜?"

"그럼 먹을 건 어떻게 구해요?"

인드라 선생님은 미소를 지었다.

"음식은 여기에 다 있어. 얼마 전에도 여기서 식사했잖니. 벌써 잊었어?"

인드라 선생님은 왜 내 말을 알아듣지 못하는 걸까? 나는 주저주저하다가 조그만 목소리로 속삭였다.

"저는 돈이 없단 말이에요."

그러자 인드라 선생님은 웃음을 터뜨렸다.

"나도 네가 돈이 없다는 것은 잘 알아. 하지만 네가 치료받을 수 있도록 온 세상 사람들이 돈을 보내 준단다."

"저를 위해서요?"

"너뿐 아니라. 너와 비슷한 처지에 놓인 사람들을 위해서. 하지만

거저 주는 건 아니야. 너한테 무언가를 기대하면서 돈을 보내 주는
거지."

"무얼 기대해요? 저는 가진 게 아무것도 없는 걸요."

나는 문득 염소를 데리고 다니는 할아버지와 나누었던 대화가 떠
올랐다. 할아버지 말씀에 따르면, 나도 가진 게 많은 사람이긴 하다.

"사람들은 네가 건강해져서 앞으로 좋은 일을 하며 살아가기를 소
망한단다."

인드라 선생님은 자리에서 일어났다.

"이제 나는 근무 교대 시간이야. 얼마 걸리든 상관없으니, 여기 앉
아서 생각해 보렴. 결심이 서면 내게 알려다오."

인드라 선생님은 걸음을 멈추고 내게 돌아서며 말했다.

"약속할 게 하나 더 있어. 앞으로는 괴물이라는 말을 절대로 입 밖
에 내지 않는 거다. 그 사람들을 존중하며 지내야 해. 너도 같은 병을
갖고 있잖니."

"저도 그 사람들처럼 될까요?"

나는 코가 없거나 손이 갈고리발톱처럼 구부러진 사람들을 떠올
렸다.

"아니."

인드라 선생님은 짧게 대답하고 다시 걸음을 옮겼다.

"어떻게 알아요?"

나는 인드라 선생님을 향해 소리쳤다. 그러자 인드라 선생님이 다시 대답했다.

"내가 너를 돌볼 거니까!"

나는 인드라 선생님의 뒷모습을 바라보다가 의자로 돌아와 앉았다. 한동안 가만히 앉아 있었다.

더 길게 생각할 것도 없었다. 공짜로 음식을 주고, 공원묘지의 잔디보다 더 부드러운 매트를 깐 침대에서 잠을 자게 된다. 게다가 치료를 받으면서, 잘 하면 현미경도 볼 수 있다.

"차 마실래?"

나는 고개를 들었다. 코가 절반쯤 떨어져나간 여자가 찻잔과 주전자를 실은 손수레를 밀고 다가와 있었다. 똑바로 쳐다보기에는 조금 민망한 얼굴이었다.

"언니도 환자예요?"

"나도 환자였지. 지금은 여기서 일해. 병원에서 차 나르는 일을 한단다."

그 여자는 손가락 몇 개가 없는 손으로 차를 따라서 내게 잔을 내밀었다.

나는 찻잔을 가만히 바라보고만 있었다. 여자는 찻잔을 의자 위에 놓아두고 수레를 밀어 다른 곳으로 발걸음을 옮겼다. 나는 찻잔을 집어들 엄두가 나지 않았다.

'이 잔을 만져도 될까?'

나는 모락모락 피어오르는 김을 바라보며 이런 생각을 했다.

차를 나르는 여자는 간호사 사무실 쪽으로 수레를 밀고 갔다. 커다란 창문 안으로 간호사들이 서류를 뒤적이면서 무언가를 써넣거나 서로 이야기를 주고받는 모습이 훤히 보였다. 그 여자가 차를 따라주자 간호사들이 고맙다는 인사를 하는 것 같았다. 그 여자는 수레를 밀고 다른 병실로 향했다.

간호사들은 그 여자가 건넨 잔으로 차를 마시면서 일하고 있었다. 간호사들에게는 이날도 여느 때와 다름없는 날일뿐이었다.

나는 잔을 들어 차를 마셨다.

맛있었다. 다른 차와 다른 것이라곤 없었다.

나는 차를 다 마신 다음, 인드라 선생님을 찾아 나섰다. 이젠 결심을 밝혀야겠다는 생각이 들어서였다.

목욕

"앞으로는 이 침대를 쓰렴."

나는 아까 머물던 병실로 돌아왔다. 내가 썼던 침대에는 아직도 온몸에 붕대를 감은 여자가 누워 있었다. 내 침대는 그 여자 바로 옆자리인 모양이었다.

"창문에서 가까우니 늘 바깥세상을 볼 수 있겠구나."

인드라 선생님이 말했다.

"나도 저렇게 해야 하나요?"

나는 붕대를 친친 감은 여자를 가리키며 물었다.

"말썽을 부리면 저렇게 할지도 모르지."

인드라 선생님이 웃는 얼굴로 대답하는 걸 보니 우스갯소리로 하는 말 같았다.

내가 침대에 앉으려 하자 인드라 선생님이 막아섰다.

"지금은 더러워서 안 돼."

"그럼 강에 가서 씻고 올까요?"

인드라 선생님은 따로 생각해 둔 게 있는 듯했다.

차를 나르던 여자의 이름은 우샤였다. 우샤 언니는 차를 나르는 것 말고 다른 일도 하는 것 같았다.

"이리로 가면 세면장이 있어. 거기 가서 씻자."

우샤 언니가 말했다.

병실 복도 끝에는 샤워기가 있는 세면장이 있었다.

"혼자서도 씻을 수 있어요."

"인드라 선생님이 너를 씻겨 주라고 하셨어."

"혼자 할 수 있다니까요."

쿠르타를 벗는 걸 도와주려고 우샤 언니가 다가왔다. 나는 한 걸음 뒤로 물러섰다.

"나를 똑바로 봐."

나는 우샤 언니의 얼굴을 바라보다가 눈길을 떨어뜨렸다.

"피하지 말고 나를 자세히 들여다봐. 내가 제대로 보일 때까지."

우샤 언니는 손가락이 절반 정도 떨어져 나간 손까지 들어 올려 보여주었다.

나는 우샤 언니의 말을 따랐다.

그리고 우샤 언니를 바라보았다. 쉬운 일이 아니었다.

그러나 조금 뒤 이상한 일이 일어났다.

움푹 파인 코도. 축 늘어진 눈꺼풀에 눈동자가 허여멀건 눈도. 밑동만 남은 손가락도 더는 보이지 않았다.

그 대신 내게 맛있는 차를 가져다준 여자의 얼굴이 보이기 시작했다. 눈 가장자리의 잔주름이 보였다. 잔잔한 웃음에 깃든 상냥함도 보였다. 고집이 세면서도 부지런하고 내 기분을 잘 살필 줄 아는 여자가 내 앞에 있었다.

"이제 잘 보여요."

우샤 언니는 미소를 지었다. 그리고 나를 닦아 주었다.

온전하지 않은 손가락들이었지만 무척 힘이 셌다. 우샤 언니는 무케르지 아줌마의 집에 살던 여자들보다도 더 세게 내 몸을 문질렀다. 나는 계속해서 비명을 질렀다. 하지만 우샤 언니는 그게 아프냐면서 계속 문질러 댔다.

우샤 언니는 환자복을 건네주고는 나를 거울 앞에 세우고 머리를 빗겨 주었다.

정말이지 살아오면서 내 모습을 제대로 바라볼 기회가 별로 없었다. 자리아의 집에는 거울이 없었다. 아니. 작은 거울이 있긴 했지만.

이모부라고 생각했던 남자가 술에 취해서 깨뜨려 버렸다.

상점의 창문이나 공원 거리의 가구점 밖에 세워 둔 네모난 거울에 비친 내 모습을 본 적은 있었다. 이른 아침이면, 거리에 사는 사람들이 일터로 나가기 전에 그 거울을 들여다보며 머리를 매만졌다.

나는 내 얼굴을 한참 동안 들여다보았다. 거울에 비친 내 얼굴은 예뻤다. 적당한 각도로 얼굴을 돌리면 포스터나 광고판에 붙어 있는 유명한 여자배우의 얼굴처럼 보이기도 했다.

그러다가 우샤 언니처럼 나병 때문에 코를 잃었다고 상상하면서 내 코를 절반쯤 가려 보았다. 설사 그렇게 되더라도 내 얼굴은 예뻐 보일 거라고 믿기로 했다.

나는 조금 뒤로 물러나서 자리아에서 보았던 발리우드 영화 속의 무용수들처럼 춤을 추기 시작했다. 나는 몸을 흔들면서 거울 속의 나를 바라보았다. 이번에도 내 모습은 예뻐 보였다.

"가만히 좀 있어."

우샤 언니가 이렇게 말했지만, 화를 내는 것은 아니었다. 언니는 내 머리카락을 두 갈래로 길게 땋아 내린 다음, 등 뒤로 넘겼다.

"병원을 뒤져 보면 머리를 묶을 리본이 나올지도 몰라."

환자복만 걸친 채 병실로 돌아오려니 기분이 이상했다. 하지만 땋은 머리가 어깨에 부딪히는 느낌은 마음에 들었다.

"깨끗하게 씻고 예쁜 모습으로 돌아왔습니다. 여러분에게 발리를 소개합니다."

우샤 언니가 병실에 있던 여자들에게 외쳤다.

나는 처음으로 병실의 환자들을 자세히 관찰했다. 어떤 여자들은 보통 사람들과 다를 게 없는 멀쩡한 모습으로 손이나 발에 붕대를 조금 감고 있을 뿐이었다. 커다란 석고 붕대로 발을 받치거나 얼굴에 붕대를 감은 여자들도 보였다. 가만히 앉아서 책을 읽거나 쉬고 있는 여자들도 있었다.

모두들 나를 보고 웃으며 인사를 건넸지만. 심술궂게 생긴 한 여자만 투덜거렸다.

"오늘처럼 아침마다 법석을 떨면서 우리를 깨우는 건 아니겠지?"

그러자 내 옆자리에서 휴대전화로 통화를 하고 있던 여자가 쏘아붙였다.

"다스 씨. 당신도 처음엔 난리를 피웠잖아요."

내 옆자리 여자의 침대에는 서류철과 공책이 한가득 펼쳐져 있었고. 여자는 계속 통화를 하면서도 그것들을 들여다보았다.

나는 침대 가장자리에 앉아서 병실 안을 휘휘 둘러보았다. 지난번에는 너무 졸리고 겁이 나 있어서 주변을 살펴볼 틈이 없었다.

자리아의 집에 살 때에는 바닥에서 잤다. 방이 없기에 다들 그랬다. 거리에서 살 때에는 의자나 공원묘지, 아니면 강가에서 잤다. 내침대가 생긴 건 처음이었다.

"이 침대를 누구와 함께 쓰는 거지?"

나는 혼잣말로 중얼거렸다.

"아니, 너 혼자 쓰는 침대야."

온몸에 붕대를 친친 감은 여자가 드디어 입을 열었다.

나는 침대 가장자리에 앉아서 다리를 흔들었다. 그렇게 하고 있으니 기분이 좋아졌다.

"다리를 흔들 수 있나요?"

나는 그 여자에게 물었다.

"곧 그렇게 되겠지. 다리는 별로 심하게 아프지 않거든."

그 여자가 대답했다.

"저는 발리에요."

"나는 락스미야."

"언니도 나병에 걸렸어요? 정말 많이 아픈가 봐요."

"아니. 나는 화상을 입었어."

휴대전화로 통화를 하던 여자가 끼어들며 말했다.

"여자들이 흔히 당하는 일이지. 락스미의 시댁 식구들은 결혼 지참금을 더 받아 내고 싶어 했어. 하지만 맘대로 되지 않으니까 누군가 락스미에게 석유를 끼얹고 불을 붙였지. 살아 있는 게 신기할 지경이야. 어떻게 견뎠는지 모르겠어. 이제 겨우 열여섯 살인데."

락스미 언니를 보며 나는 엘라마를 떠올렸다. 이모부라고 생각했던 남자의 모습도 떠올랐다. 나는 문득 자리아로 돌아가서 엘라마를 데려오고 싶어졌다.

병실에서 내게 신경을 쓰는 사람은 아무도 없었다. 꾸벅꾸벅 조는 사람들도 보였다. 락스미 언니의 눈도 감겨 있었다. 심술궂은 여자만 나를 노려보고 있었다. 나는 새로 땋은 머리를 쓰다듬으며 상쾌한 살 냄새와 옷 냄새를 맡았다.

❋

"피부 이식을 해야 할 것 같구나."

남자 의사가 인드라 선생님과 함께 내 발을 들여다보면서 말했다.

"카우르 선생님, 피부 이식이 뭔지 설명해 줘야 할 것 같아요. 얘는 궁금한 게 많거든요."

카우르 선생님은 하얀 가운의 주머니에서 작은 거울을 꺼냈다. 그러고는 내 발바닥이 잘 보이도록 거울을 세워 주었다.

나는 구역질이 날 것 같아서 얼굴을 찡그렸다. 내 발은 때가 잔뜩 끼어 있을 때에도 더럽고 흉했지만, 깨끗하게 씻고 나니 더욱 흉측해 보였다. 염증 때문에 깊게 팬 상처는 마치 칼로 쑤셔 댄 자국 같았다.

"그래도 아프지는 않아요."

"그게 바로 나균이 활동하고 있다는 증거야. 나균은 신경을 파고

들어 망가트리거든. 신경은 우리 몸에서 감각을, 특히 아픔을 느끼는 감각을 전해 주는 일을 해. 아픔을 느끼지 못하면 몸이 상해도 알아차릴 수 없겠지? 그래서 신경의 역할이 중요한 거야."

"인드라 선생님이 신경은 고칠 수 없다고 하셨어요."

"언젠가 고칠 수 있는 날이 올지도 모르지만, 아직까지는 그래. 하지만 상처가 더 심해지는 건 막을 수 있어. 당장 오늘부터 약을 먹자. 발에 난 상처에는 몸의 다른 부분에서 살을 떼어다 붙이면 돼."

"살을 떼어 낸다고요?"

"아마 허벅지살을 떼어 내게 될 거다."

나는 손으로 허벅지를 문질렀다.

"그럼 엄청나게 아플 텐데요."

"안 아플 거야. 우리가 너를 잠들게 할 테니까."

인드라 선생님이 나를 달랬다.

"저는 안 잘 건데요?"

"나도 똑같은 수술을 받았어. 아주 깨끗하게 낫고 있는 중이야. 선생님, 그렇지요?"

휴대전화를 붙들고 있던 여자가 끼어들었다. 그 여자의 발에도 붕대가 감겨 있었다.

"어떻게 됐는지 보고 싶어요."

그러자 인드라 선생님이 그 여자의 발에서 붕대를 풀면서 빙그레 웃음 지었다.

"니타 씨도 이제 전문가가 다 됐군요."

나는 니타 아줌마의 발에 난 흉터를 들여다보았다. 커다란 흉터 위로 다른 살 조각이 덧대어져 있었다.

"별로 깨끗해 보이지 않는데요?"

나는 심드렁해졌다.

"앞으로 깨끗해질 거야. 네 발도 깨끗해질 거라고 약속할게. 궁금한 게 있으면 언제든지 물어보렴."

카우르 선생님이 대답했다. 그러고는 인드라 선생님에게 말을 건넸다.

"피부 이식은 언제 하는 게 좋을까요?"

"일월 중순까지는 기다리는 게 좋겠어요. 발리는 영양 부족 상태예요. 몸을 더 추스른 다음에 하죠."

"그럼 일월 중순으로 정합시다."

카우르 선생님은 다음 환자에게로 갔다.

인드라 선생님이 내 발에 붕대를 감아 주었다.

"침대에 가만히 앉아있기 힘들다는 건 나도 잘 알아. 하지만 나를 위해서라도 웬만하면 발을 좀 쉬게 해 주렴. 상처가 더 심해지면 안 되잖니. 창밖을 바라보거나 다른 사람들과 이야기를 나누면서 조용히 지내야 치료를 잘 받을 수 있어."

새하얀 붕대가 내 발에 다시 감겼다. 인드라 선생님은 내게 슬리퍼도 주었다.

"인드라 선생님?"

"왜?"

"치료비를 보내 주는 사람들은 정말 제가 앞으로 훌륭한 일을 하는 사람이 되기를 바랄까요?"

"진심으로 그럴 거야. 그리고 이거 알아?"

"뭘요?"

"나도 네가 그렇게 되기를 진심으로 바란단다."

원 그래프
그리기

알약은 작았다. 둥그스름하면서 노란 빛깔이었다. 나는 간호사가 시키는 대로 알약을 입 안 깊숙이 밀어 넣고, 커다란 잔에 든 물과 함께 꿀꺽 넘겼다.

"이게 다예요?"

나는 간호사에게 물었다.

"응. 이게 다야. 일 년 동안 하루에 한 알씩만 먹으면 돼. 약을 먹을 때마다 너의 신경을 갉아먹는 병균을 잡아먹는다고 생각하면 돼."

간호사는 락스미 언니가 물을 마실 수 있도록 빨대를 입술에 갖다 대 주었다.

"피는 어디로 가는 거죠?"

나는 간호사에게 물었다.

"그게 무슨 말이니?"

"피는 심장에서 나오지요? 그리고 빨간 핏줄을 타고 온몸으로 퍼져 나가잖아요. 그럼 핏줄 끝까지 닿은 다음에는 어디로 가는 거예요?"

"피는 어디로 가버리는 게 아니야. 계속 몸속을 돌아다니지. 심장에서 몸의 각 부분으로 피를 나르는 핏줄을 동맥이라고 하고, 피를 다시 심장으로 나르는 핏줄을 정맥이라고 해. 어쨌든 네 말이 맞아. 피를 내보내는 건 심장이야."

"기차역하고 비슷하네요. 기차가 역에서 만들어지지는 않지만, 역을 오가잖아요."

간호사는 눈을 동그랗게 뜨며 내게 말했다.

"너는 과학자가 되겠구나."

"인드라 선생님도 과학자인가요?"

간호사는 미소를 지었다.

"우리 모두는 과학자란다."

간호사는 자리를 옮겼다. 나는 내 심장이 기차역이라는 상상에 빠져들었다. 청진기를 댔던 가슴에 손을 얹자 심장의 고동이 느껴졌다.

"팔목도 한번 눌러 보렴."

니타 아줌마는 팔목을 들어 손가락으로 누를 자리를 알려 주었다. 시간이 조금 걸리긴 했지만. 어디를 눌러야 할지 알게 되었다.

"양쪽 손목에서 다 느껴져요!"

"손목뿐만 아니라 목을 눌러 봐도 알 수 있지. 이렇게 느껴지는 고동을 맥박이라고 한단다."

니타 아줌마는 목 한가운데에서 조금 옆쪽을 손가락으로 누르며 말했다.

나도 목에서 맥박을 느낄 수 있었다. 그러자 다른 사람의 맥박도 짚어 볼 수 있을지 궁금해졌다. 내게 가장 가까운 곳에 있는 사람은 락스미 언니였다. 나는 락스미 언니의 손목에 대고 맥박을 짚었다. 그런 다음. 슬리퍼를 끌고 다른 환자들의 침대로 돌아다녔다.

다들 내가 맥을 짚어도 신경을 쓰지 않는 눈치였다. 그러나 심술쟁이 다스 부인만은 내가 다가가자 손목을 겨드랑이 안으로 밀어 넣어 버렸다. 어쩌면 다스 부인은 맥박이 뛰지 않는 사람일지도 모르겠다.

점심을 나르는 손수레가 들어왔다. 나는 세상 사람들이 보내 준 돈으로 만든 쌀밥과 달을 정신없이 먹어 치웠다. 문득 온 세상 사람들이 모여서 내가 어떤 음식을 좋아할지 의논하는 모습이 머릿속에 떠올랐다. 나는 접시를 깨끗하게 비웠다. 한 톨의 쌀도 남기고 싶지 않았다.

사흘 내내 먹고 자기만 했다. 다스 부인을 뺀 모든 사람의 맥박도 다시 짚어 보았다. 다스 부인의 목에서도 맥박을 짚어 보고 싶었지만, 워낙 화를 잘 내는 사람인지라 나를 물어 버릴까 겁이 나서 그렇게 하지 못했다.

인드라 선생님이 청진기로 내 심장이 뛰는 소리를 들려주었다. 나는 날마다 알약을 삼켰고, 가능하면 발을 쓰지 않으려고 노력했다.

인드라 선생님 말씀을 따르는 일은 생각했던 것보다 어렵지 않았다. 나는 몹시 지쳐 있었다. 평생 동안 느낄 피로가 한꺼번에 몰려오는 것 같았다.

"나도 그래. 여기 있는 사람들 대부분이 그래. 우리는 병원에 있을 때를 빼면 쉴 틈이 없는 사람들이야."

선잠이 들었다가 점심시간에 깨어난 나에게 니타 아줌마가 친절하게 설명해 주었다.

이 병원에 있는 사람들을 빼면, 내가 아는 나병 환자들은 자리아의 기찻길 옆 동네에서 돌팔매질을 피하며 살아가는 사람들뿐이었다. 아니, 얼마 전에 콜카타 공원묘지의 담 옆에서 만났던 점쟁이 아저씨도 생각났다. 하지만 이런 사람들 말고도 이 세상에는 내가 알지 못하는 나병 환자들이 훨씬 많을 터였다.

"나는 건강 상품을 판매하는 회사의 영업부장이야. 열네 명의 직원이 내 밑에서 일하는데, 그 중 아홉 명은 남자야. 그런데 남자 한 사람이 골칫거리야. 내가 병원에서 퇴원할 때까지도 정신을 못 차린다면 남자 직원이 여덟으로 줄겠지."

"아줌마도 나병에 걸린 거 아닌가요?"

"그랬었지. 하지만 약을 먹고 이젠 다 나았어. 하지만 신경이 망가져서 발에 심한 궤양이 생겼어."

"궤양이요?"

"염증을 말하는 거야. 부하 직원들을 모두 감독하는 게 내 일이지. 직원들이 실수하면, 이리저리 뛰어다니며 뒤처리를 하느라 발을 제대로 돌볼 틈이 없었어. 그런데 이렇게 입원해 있어도 일만 터지면 내게 전화를 하니, 원."

나는 니타 아줌마의 전화기를 구경하고 싶었다. 니타 아줌마의 서류철이나 공책에 뭐가 적혀 있는지도 보고 싶었다. 그러나 나는 식사를 마치자마자 다시 잠이 들었다.

나는 다음 날 아침에야 눈을 떴다. 그제야 몸에 덕지덕지 앉았던 피로가 거의 풀린 것 같은 느낌이 들었다.

"이제 좀 기운이 나요."

나는 활기차게 외쳤다.

"잘됐구나."

다스 부인이 심드렁한 얼굴로 대꾸했다.

침대에만 누워 있을 수는 없었다. 나는 병실 구석에 있던 빗자루를 가져와서 모든 환자들의 침대 밑을 쓸었다. 그리고 나서 복도로 나가 다른 병실을 들여다보았다. 간호사에게 쫓겨 내 병실로 돌아올 때까지 나는 만나는 모든 사람들에게 손을 모으며 즐거운 마음으로 아침 인사를 건넸다.

그러나 아침 식사를 마치고 다시 목욕을 하고 나니 딱히 할 일이 없었다. 다시 환자들의 맥박을 짚어 볼까 했지만, 대부분 잠을 자고 있었다. 잠든 환자들을 깨우면 안 된다는 사실쯤은 나도 알고 있었다.

나는 잠깐 락스미 언니와 손가락 놀이를 했다. 내가 락스미 언니의 손가락을 치면, 락스미 언니도 내 손가락을 친다. 이렇게 박자를 맞추어 손가락을 부딪치면서 조그만 소리로 노래를 부르는 놀이였다. 하지만 락스미 언니는 무엇이든 오래는 하지 못했다. 락스미 언니는 잠깐 깨어 있다가 곧 잠이 들곤 했다.

"락스미는 통증이 심해서 독한 진통제를 먹기 때문에 저러는 거야."

니타 아줌마는 이렇게 말하고 나서 다시 서류철을 뒤적였다.

"무얼 하시는 거예요?"

나는 니타 아줌마의 침대로 다가가서 서류들을 들여다보았다.

"내가 맡은 구역의 영업 실적을 기록하는 거야. 어떤 지역에서 다른 지역보다 물건이 더 많이 팔렸다면, 그 이유를 알아내는 거지. 영업 사원의 능력이 더 좋았던 걸까? 하지만 현장에 가서 직접 확인하기 전에는 알 수 없어. 그런데 글은 읽을 줄 아니? 숫자도 배웠어?"

"힌디어와 영어는 조금 읽을 줄 알아요. 백까지 셀 수도 있고요."

나는 자랑스럽게 대답했다.

"그렇다면 이것도 이해할 수 있겠구나. 별로 어렵지는 않아. 자. 보렴."

니타 아줌마는 동그라미 안에 선을 그어 크고 작은 여러 조각으로 나눈 그림을 보여 주었다.

"이걸 원 그래프라고 한단다."

"원 그래프요?"

"응. 이 동그라미 안에 한 직원이 석 달 동안 판매한 우리 회사 제품들의 양을 나타낸 거야. 무슨 말인지 알아듣겠니?"

처음에는 그 말이 무슨 뜻인지 알아들을 수가 없었다. 하지만 나는 곧 고개를 끄덕였다. 판매한 제품의 양을 그래프로 설명하는 것은 심장을 기차역으로 설명하는 것과 비슷했다.

"선으로 나뉜 부분들은 각 제품을 나타내는 거야. 이건 머리에 바르는 크림. 이건 비누. 이건 샴푸. 이건 면도한 뒤에 바르는 로션. 이런 식이지. 그래프를 보면. 이 지역에서는 샴푸보다 로션이 더 많이 팔렸다는 걸 알 수 있어. 다른 지역에서는 샴푸가 더 많이 팔렸고. 이렇게 그래프를 보면서 이유를 따져보는 거란다. 이 지역의 영업 사원은 남자야. 이 사원은 왜 남자들에게만 물건을 파는 걸까? 혹시 부끄럼을 너무 많이 타서 여자들에게는 잘 다가가지 않는 걸까? 아니면 다른 이유가 있는 걸까? 이런 문제를 해결하기 위해서 직원들에게 무엇을 물어볼지 생각하지."

니타 아줌마는 손가락으로 원 그래프를 탁탁 치면서 열심히 설명했다.

"아줌마는 어디에 사세요?"

"호우라에 살아. 강 건너편에 있는 동네지."

"거기도 쓰레기더미가 쌓인 기찻길 옆 동네인가요?"

니타 아줌마가 웃으며 대답했다.

"아니. 나는 새로 지은 멋진 아파트에서 살아. 기찻길 옆이라고? 왜 그런 생각이 들었니?"

니타 아줌마는 연필과 종이 몇 장을 주면서 원 그래프 그리는 법을 가르쳐 주었다.

"이 병실에는 열 명의 환자가 있어. 원 그래프를 열 개의 조각으로 나누어 보렴. 모두 똑같은 크기로 그려 봐."

나는 내 침대로 돌아가서 니타 아줌마가 시키는 대로 그래프를 그렸다. 여러 차례 그렸다 지우기를 반복한 끝에 마침내 제대로 그릴 수 있었다.

"그럼 나병 환자는 몇 명이고, 화상 환자는 몇 명인지를 알아보는 거야."

나는 침대마다 돌아다니면서 환자들이 어떤 병에 걸려 있는지를 알아보았다. 하지만 다스 부인에게는 묻지 않았다.

"다스 씨도 나병 환자야. 그런데 나병이 신경만 망가트리는 게 아니라 유머 감각에도 영향을 끼치는 모양이다. 결과가 어떻게 나왔니?"

"나병 환자는 일곱 명이고. 화상 환자는 세 명이에요."

"그걸 다시 그래프로 그려 보렴."

니타 아줌마는 방법은 가르쳐주지 않았다.

나는 침대로 돌아와서 생각에 잠겼다. 그러다가 그래프 그리는 방법을 알아냈다. 내가 그린 그래프는 정확했다. 답을 찾아낸 것이다.

이번에는 다른 원 그래프를 그려 보고 싶었다. 나는 차에 설탕을 넣는 사람. 우유를 넣는 사람. 설탕과 우유를 모두 넣는 사람의 수를 비교하는 원 그래프를 그렸다. 결혼한 사람과 결혼하지 않은 사람의 수를 비교하는 원 그래프도 그리고. 쌀밥을 더 좋아하는 사람과 로티를 더 좋아하는 사람을 비교하는 원 그래프도 그렸다.

나는 침대에 원 그래프 그림을 늘어놓은 채 오후 늦게 잠들었다.

약 먹을 시간이라고 간호사가 나를 깨웠다. 간호사는 원 그래프를 그린 종이를 접어 서류철에 넣더니 내 베개 아래쪽에 밀어 넣었다. 나는 알약을 삼키고 나서 베개에 머리를 누이며 그 아래를 더듬어 보았다.

나는 편안한 마음으로 깊은 잠에 빠져들었다.

그 맑고
환한 밤중에

"발리, 어서 일어나."

나는 눈을 떴다. 인드라 선생님이 침대에 앉아 있었다. 아직 한밤
중이었다. 나는 저녁도 거른 채 잠들어 있었다.

나는 자리에서 일어나며 중얼거렸다.

"배가 고파요."

인드라 선생님이 웃음을 지으며 말했다.

"당연히 그렇겠지. 곧 먹을 걸 가져다줄게. 하지만 이것부터 받으
렴. 내일이 무슨 날인지 아니?"

나는 고개를 저었다.

"크리스마스야."

"세일 기간도 끝나겠네요."

"그렇겠지. 그런데 내일 병원에서 크리스마스 행사가 열린단다. 맛있는 저녁이 나올 테고, 모두 선물도 받을 거야. 하지만 나는 병원에 없단다. 부모님과 함께 크리스마스를 보낼 생각이거든. 그래서 네게 줄 선물을 지금 가져왔어."

인드라 선생님은 예쁜 포장지로 싼 꾸러미를 내게 내밀었다. 포장지에는 산타클로스의 웃는 얼굴이 그려져 있었다. 언제나 웃는 얼굴인 걸 보면 산타클로스는 아무에게도 맞아본 일이 없는 모양이다.

나는 인드라 선생님이 건넨 꾸러미를 받아들었다. 묵직했다. 나는 뭐라고 해야 좋을지 몰라서 망설였다.

"이건 내가 주는 선물이야. 포장지를 뜯고 무엇이 들어 있는지 보렴."

나는 포장지가 찢어지지 않도록 테이프를 하나하나 조심스럽게 뜯었다.

"무슨 선물일까?"

옆 침대에 누워 있던 락스미 언니와 니타 아줌마도 부쩍 호기심을 보였다.

인드라 선생님의 선물은 낡은 책이었다. 나는 제목을 소리 내어 읽어 보려고 했지만, 내게는 너무 어려운 말이었다.

"인체의 생물학이라는 책이야."

인드라 선생님이 나 대신 제목을 읽어 주었다.

"이건 내가 학교에 다닐 때 배웠던 생물학 책이야. 지금 이해하기엔 어렵겠지만. 읽다 보면 조금씩 알게 될 거야."

"얼마 안 가서 다 이해하게 될 거예요. 발리는 영리한 아이에요. 언젠가는 우리 두 사람이 발리를 도와 일하게 될지도 몰라요."

니타 아줌마가 미소를 지으며 말했다.

나는 책을 펼쳤다.

찻물로 얼룩진 곳이 보였고, 여기저기 빈자리에 펜으로 쓴 조그만 글씨들과 밑줄이 가득했다.

책의 중간 부분에는 투명 종이도 몇 장 끼워져 있었다. 사람의 몸이 그려져 있었는데. 뒤로 넘기면 뼈가, 그 다음에는 내장들이. 또 그 다음에는 또 다른 내장들이 차례대로 나오는 그림이었다.

"왜 이 책을 주시는 거죠?"

"이제부터는 너의 책이야. 대가는 필요 없어. 선물이란 그런 거야. 아무 것도 바라지 않고 그냥 주는 거지. 내가 너를 좋아하니까."

내가 쇼핑몰 앞의 거리에서 만난 여자에게 피자를 준 것도 인드라 선생님이 나에게 주는 선물과 비슷할 거라는 생각이 들었다. 나도 모르는 어느 가족에게 비누나 메트로폴 호텔의 담요를 준 것도 마찬가지였다.

"저는 선생님께 이 책을 빌리는 거예요. 그리고 이 책을 다 이해하게 되면, 지식이 필요한 다른 사람에게 건네줄게요."

"그럼 이런 것도 전해 주겠니? 한 번 안아보자."

인드라 선생님을 팔을 활짝 벌리더니 나를 감싸 안았다.

인드라 선생님이 왜 그러는 것인지는 잘 알 수 없었다. 나는 아직까지는 누구와 끌어안는 일이 어색했다. 그렇게 해 본 적이 없었기 때문이다. 하지만 인드라 선생님과 서로 안고 있으니, 마치 우리의 심장이 하나가 된 것처럼 똑같이 뛰는 듯한 느낌이 들었다.

"메리 크리스마스."

인드라 선생님은 이렇게 인사를 건네고 병실을 떠났다.

종소리가 울리기 시작했다.

침대에서 일어난 사람들이 창가로 몰려들었다. 그리고 종소리를 더 크게 들으려고 창문을 열었다. 나도 그들 틈에 끼어들었다.

콜카타의 밤하늘로 종소리가 울려 퍼지고 있었다.

"열두 시야. 이제 크리스마스야. 모두들 메리 크리스마스!"

우샤 언니가 손수레를 밀고 병실로 들어왔다.

"크리스마스 특식이 왔어요!"

"어. 아이스크림 아냐? 어릴 때 맛보고는 한 번도 먹어본 적이 없는데."

다스 부인이 눈을 휘둥그레 뜨며 말했다.

"발리, 어서 와라. 꾸물대다가는 금방 없어질지도 몰라."

하지만 나는 창가에 서서 가만히 어둠 속을 바라보았다.

창밖 세상에는 크리스마스에도 아이스크림을 먹지 못하는 사람들이 있다. 그 사람들은 내가 잠자던 곳에서 몸을 웅크리고 있을 것이다. 추위에 떨면서, 두려워하면서, 굶주리거나 병이 든 채로.

나는 한때 가족이라고 여기며 함께 살았던 사람들을 떠올렸다. 언젠가는 내가 그 사람들에게 아이스크림을 가져다 줄 수 있을지도 모른다.

"나는 왜 운이 좋은 거지?"

나는 어둠 속을 바라보며 혼잣말로 중얼거렸다.

"왜 그래? 괜찮아?"

우샤 언니가 곁으로 다가와서 물었다.

"인드라 선생님이 나를 꼭 안아 주셨어요. 그러면서 다른 사람들에게도 전해 달래요. 언니한테 전해도 될까요?"

나는 어느새 우샤 언니를 끌어안고 있었다. 우샤 언니의 품도 인드라 선생님의 품만큼 포근했다.

누군가 아이스크림 접시를 내밀며 말했다.

"어서 와. 모두 너를 기다리고 있어."

내게도 친구들이 생겼다. 친구들이 나를 기다리고 있다. 얼마나 멋진 일인가. 점쟁이 아저씨의 점괘가 맞았다.

나는 아이스크림 접시를 받아 들었다.

오늘 밤이 지나면, 또 어떤 일이 나를 기다리고 있을까?

나는 궁금해서 견딜 수가 없었다.

흔히 나병이라고 불리는 한센병은 손과 발. 피부 또는 눈처럼 체온이 낮은 곳의 신경을 손상시키는 박테리아 때문에 생기는 질병입니다. 하얗거나 빛바랜 반점들이 피부에 많이 생겨났다면 한센병의 증상일 가능성이 있습니다.

한센병을 제때에 치료하지 않으면 손과 발의 감각이 서서히 마비되기 시작합니다. 하지만 통증을 느낄 수 없기 때문에 상처를 입어도 알아차리기 어렵습니다. 그래서 상처를 입은 곳이 세균에 감염되어 치료할 수 없을 만큼 손상되기도 하지요.

한센병은 역사에 기록된 가장 오래된 질병 가운데 하나입니다. 신체 부위가 훼손될 수도 있기 때문에 사람들은 한센병을 두려워했고, 이에 따른 오해도 생겨났습니다. 하지만 한센병은 전염될 가능성이 거의 없을뿐더러. 병에 걸렸다 해도 치료할 수 있습니다. 그런데도 이런 인식이 부족한 나라에서는 아직도 한센병 환자들이 사회로부터 소외되는 경우가 많습니다.

한센병은 무엇보다도 가난과 깊은 관계가 있습니다. 가난하게 살아가는 사람들은 부유한 사람들보다 훨씬 더 고된 일을 하고, 치료 받을 시간을 내기도 어렵기 때문에 다시 상처를 입게 되는 경우가 많습니다.

그러나 세상은 눈부시게 발전하고 있습니다. 한센병 환자들이 다시 상처를 입고 세균에 감염되지 않도록 치료함으로써 새로운 삶을 시작할 수 있도록 돕고자 애쓰는 사람들도 많습니다. 이 책에 나오는 인드라 같은 의사들도 그런 사람입니다. 인드라는 아무런 꿈도 희망도 없이 하루하루를 사는 발리에게 사랑을 주고 용기를 심어 주지요.

이제 한센병은 세상에서 점점 사라지고 있습니다. 더 나은 세상을 위해 노력하는 수많은 사람들 덕분입니다. 이 책의 인세는 한센병 환자들을 정성으로 돌보는 인도 콜카타의 병원에 기부하겠습니다. 이 책을 읽은 독자들도 어렵고 힘들게 살아가는 이웃들에게 언제나 더 큰 사랑과 관심을 가져 주기를 진실한 마음으로 권합니다.

아주 평범한 날에

초판 제 1쇄 발행일 2013년 4월 30일

글쓴이 · 데보라 엘리스 | 옮긴이 · 배블링 북스

펴낸이 · 소병훈
주   간 · 오석균
편   집 · 최혜기
디자인 · 소미화
마케팅 · 권상국
관   리 · 이용일. 김경숙
펴낸곳 · 도서출판 산하/ 등록번호 · 제300 -1988 -22호
주소 · 110-053 서울특별시 종로구 사직로 8길 21-2 (내자동 서라벌빌딩 4층)
전화 · (02)730-2680(대표)/ 팩스 · (02)730-2687
홈페이지 · www. sanha. co. kr / 전자우편 · sanha83 @ empal. com

ISBN 978-89-7650-407-4 44840
ISBN 978-89-7650-400-5 (세트)

* 이 도서의 국립중앙도서관 출판시도서목록(CIP)은 e-CIP 홈페이지(http://www. nl. go. kr / ecip)와
  국가자료공동목록시스템(http://www. nl. go. kr / kolisvet)에서 이용하실 수 있습니다.
  (CIP제어번호:CIP2013004090)
* 이 책의 내용은 역자나 출판사의 동의 없이 사용할 수 없습니다.